ATAQUE DO COMANDO P. Q.

MOACYR SCLIAR

Ataque do Comando P. Q.
© Moacyr Scliar, 2001

Editora-chefe	Claudia Morales
Editor	Fabricio Waltrick
Editora assistente	Marcia Camargo
Preparador	Oswaldo Viviani
Coordenadora de revisão	Ivany Picasso Batista
Revisora	Cátia de Almeida
Seção "Outros Olhares"	Carlos Faraco
Estagiária	Fabiane Zorn

ARTE
Diagramadora	Thatiana Kalaes
Editoração eletrônica	Studio 3
Ilustrações	Gonzalo Cárcamo
Ilustração de Lima Barreto	Samuel Casal

CIP-BRASIL. CATALOGAÇÃO NA FONTE
SINDICATO NACIONAL DOS EDITORES DE LIVROS, RJ

S434a
2.ed.

Scliar, Moacyr, 1937-
Ataque do Comando P. Q. / Moacyr Scliar ; ilustrações Gonzalo Cárcamo. - 2.ed. - São Paulo : Ática, 2008.
88p. : il. -(Descobrindo os Clássicos)

Apêndice
Contém suplemento de leitura
ISBN 978-85-08-12058-1

1. Barreto, Lima, 1881-1922. Triste fim de Policarpo Quaresma - Literatura infantojuvenil. I. Cárcamo, 1954-. II. Título. III. Série.

08-4062.
CDD: 028.5
CDU: 087.5

ISBN 978 85 08 12058-1 (aluno)
ISBN 978 85 08 12059-8 (professor)

2022
2ª edição
10ª impressão
Impressão e acabamento: Vox Gráfica

Todos os direitos reservados pela Editora Ática, 2001
Av. Otaviano Alves de Lima, 4400 – CEP 02909-900 – São Paulo, SP
Atendimento ao cliente: 4003-3061 – atendimento@atica.com.br
www.atica.com.br

IMPORTANTE: Ao comprar um livro, você remunera e reconhece o trabalho do autor e o de muitos outros profissionais envolvidos na produção editorial e na comercialização das obras: editores, revisores, diagramadores, ilustradores, gráficos, divulgadores, distribuidores, livreiros, entre outros. Ajude-nos a combater a cópia ilegal! Ela gera desemprego, prejudica a difusão da cultura e encarece os livros que você compra.

EDITORA AFILIADA

ROMANCE FOCALIZADO NO INÍCIO DO SÉCULO XX A SERVIÇO DA INFORMÁTICA

Um terrível vírus está atacando os computadores da prefeitura de Curuzu. Caco, considerado o gênio da informática da cidade, é convocado para resolver a situação. Parece que desta vez o prefeito tem um problemão: algum *hacker* está invadindo todo o sistema da administração municipal! Alguém que se intitula "Comando P. Q.".

E o que significa P. Q.? A resposta a esta pergunta seria a porta de entrada para o mundo dos enigmas dos ataques piratas e a solução do mistério. Caco, Coruja e Beatriz vão bancar os detetives para tentar resolver esta charada.

O professor Roberto é quem vai dar a chave para abrir essa porta: o livro *Triste fim de Policarpo Quaresma*, de Lima Barreto. Ele também abre para Caco e seus amigos o acesso a esse grande autor, que, com ironia e humor, foi um incansável crítico das mazelas do Brasil da Primeira República. Mas, como os jovens vão acabar percebendo, o passado retratado por Lima Barreto em *Triste fim de Policarpo Quaresma* não é tão diferente assim dos dias atuais.

Partindo no encalço do Comando P. Q., nossos detetives vão tendo revelações surpreendentes sobre alguns moradores de Curuzu. E aos poucos, buscando pistas nas aventuras e desventuras do major Quaresma, conseguem finalmente desmascarar o misterioso *hacker*.

Moacyr Scliar — um dos mais importantes escritores da atualidade — apresenta um extraordinário e muito significativo personagem da literatura brasileira: o irresistível major Quaresma. Contando uma história cheia de suspense e mistérios, ele ainda nos revela um grande segredo: os bons livros são imunes ao tempo e ao espaço.

Os editores

SUMÁRIO

1 Palavras misteriosas surgem em telas
de computadores 9

2 Mais ataques do Comando P.Q. 16

3 Em busca de P.Q. 21

4 Entra em cena Lima Barreto 28

5 Formigas: isso faz sentido 37

6 Descobrindo pistas 43

7 Providência necessária: pedido de desculpas 50

8 O terceiro ataque 53

9 A história se complica 56

10 Revelações no Sítio do Sossego 61

11 Promessa de mau político 72

12 O julgamento de Policarpo Quaresma 75

13 O triunfo de Policarpo Quaresma 78

***Outros olhares sobre* Triste fim de Policarpo
Quaresma** 81

• 1 •
Palavras misteriosas surgem em telas de computadores

— Caco? Preciso que você venha à prefeitura imediatamente. Estamos com um problema aqui. Um problema muito sério.

O telefonema do prefeito Ildefonso não chegava a ser surpreendente. Várias vezes havia ligado para Caco (Carlos Alberto; mas todo mundo o chamava pelo apelido), e sempre por problemas com computadores. Dele, da empresa — era um homem muito rico, um próspero comerciante de cereais — ou da prefeitura.

Na pequena cidade de Curuzu, Caco era a maior autoridade no assunto. O que se justificava. Aos 16 anos, e sem ter concluído ainda o ensino médio, entendia mais de computação do que muitos especialistas. Isso, em parte, graças ao pai, que tinha uma loja de informática — vendia e consertava computadores — e cedo o introduzira nesse campo, mas principalmente devido à sua habilidade e à curiosidade que o fazia estudar tudo o que aparecia de novo na área. Muito orgulhoso disso, o pai confiara-lhe todos os atendimentos em domicílio.

De início, alguns clientes se haviam mostrado receosos de entregar equipamentos caros a um garoto; logo, porém,

Caco conquistou a confiança de todos: na cidade, era considerado um gênio da informática.

O prefeito era dos que mais o elogiavam. Embora não entendesse muito do assunto, Ildefonso, que se considerava um adepto da modernização tecnológica, era fanático por computação. Fora ele quem — com a ajuda de Caco e do pai deste — informatizara a prefeitura. E às vezes ligava, querendo orientação ou assistência.

O que havia de novo, contudo, era a ansiedade em sua voz. O prefeito era um homem seguro de si, autoritário até. Graças a seus cabos eleitorais, estava no poder há anos — o que, no entanto, não o livrava de muitas críticas por parte dos adversários: não eram poucas as acusações à sua gestão. Caco, que não gostava de política, procurava não se envolver nessa polêmica. Seu relacionamento com o prefeito dizia respeito apenas aos computadores.

Quis saber o que estava acontecendo, mas o prefeito foi taxativo:

— Venha logo — comandou, desligando em seguida.

Caco não pôde conter um palavrão. Estava ocupadíssimo naquela tarde: precisava instalar sistemas operacionais em dois computadores. Além disso, tinha de fazer um trabalho para a escola. Mas pedido do prefeito, cliente importante, era coisa que não podia deixar de atender, sobretudo naquela hora, em que a família estava em dificuldades: num momento de euforia (e contra os conselhos da mãe, mulher prudente), o pai havia comprado uma casa nova, e agora estava enfrentando problemas para pagar as prestações.

Avisou, portanto, que estava saindo e dirigiu-se à prefeitura, não muito distante (em Curuzu nada era muito distante). Em cinco minutos chegou ao prédio — novo, imponente. Imponente demais, para alguns. Dizia-se que o prefeito Ildefonso tinha gasto uma fortuna na construção daquele edifício — e que boa parte do dinheiro tinha ido parar em seu bolso. Coincidência ou não, o certo é que pouco tempo depois da inauguração do prédio, o prefeito mudara-se para uma nova casa. E, nas duas obras, a construtora havia sido a mesma. Caco ouvia seus amigos falarem sobre isso, mas recusava-se a dar sua opinião a respeito. "Meu negócio é computação", dizia. Com sinceridade, aliás: os momentos em que se sentia mais feliz eram aqueles em que estava lidando com computadores. Cada problema era um desafio, mas era também motivo de prazer.

Chegou à prefeitura, cumprimentou os funcionários na recepção e foi entrando. Era conhecido; todos sabiam que o prefeito muitas vezes deixava de lado visitas importantes para recebê-lo. E dessa vez não foi diferente: lá estava o Ildefonso, à sua espera. E nervoso — Caco nunca o vira tão nervoso.

— Aconteceu uma coisa grave — foi logo dizendo. — Uma coisa muito grave.

Levou-o à Seção de Informática, que funcionava na sala ao lado da sua. "Seção de Informática" talvez fosse um nome pomposo demais: eram quatro computadores e meia dúzia de funcionários — mas aquilo, para uma pequena e pobre prefeitura, significava alguma coisa.

— Olhe as telas — disse o prefeito. — Pedi que ninguém mexesse em nada até que você chegasse.

Caco foi de computador em computador. Em todas as telas, e em letras garrafais, estavam as mesmas palavras. Para ele ininteligíveis: como se tivessem sido escritas num outro idioma, mas qual? Inglês não era, nem francês, nem espanhol, nem alemão.

— Você sabe o que está escrito aí? — perguntou o prefeito.

— Não — respondeu Caco. — Não sei.

— Mas não é uma dessas linguagens estranhas que vocês usam na internet?

— Não. Não é. Não tenho a menor ideia do que significa essa coisa.

Um dos digitadores contou que estava recebendo pela internet uma instrução normativa qualquer, quando de repente entrara aquele texto.

— E daí em diante ficou tudo congelado — acrescentou.

Caco pensou um pouco:

— Acho que já sei o que aconteceu — disse.

Ia explicar, mas o prefeito interrompeu-o com um gesto brusco:

— Aqui não. Vamos ao meu gabinete.

Não era uma atitude das mais cordiais para com as pessoas que trabalhavam na seção, mas era uma coisa característica do prefeito, que se gabava de sua própria grossura, graças à qual, proclamava com orgulho, subira na vida.

Além disso havia uma razão objetiva para o rompante. Na sala encontrava-se a dona Rita, que era a funcionária mais antiga da prefeitura — "Passei por seis administrações", dizia, com orgulho — e que sabia de tudo que acontecia por ali. Na cidade, tinha fama de fofoqueira; dizia-se, ademais, que passava informações para políticos, sobretudo para Jorge Silva.

Homem ainda jovem, com um nariz que lhe dava uma curiosa semelhança com um papagaio (era conhecido, aliás, como "papagaio de óculos"), Jorge era o dono, editor e principal repórter de *O Município*, o pequeno e venenoso jornal da cidade.

Sua relação com o prefeito variava: às vezes o elogiava, às vezes o criticava — seus critérios para isso eram misteriosos. E contava com uma rede de informantes da qual dona Rita era a figura principal. O prefeito não podia, como sem dúvida gostaria, de mandá-la embora — a funcionária tinha estabilidade e além disso não havia provas contra sua conduta — mas fazia o possível para hostilizá-la com atitudes daquele tipo.

Entraram no gabinete. Ildefonso trancou a porta, voltou-se para Caco:

— Muito bem. Agora podemos falar. Diga: o que aconteceu?

— Alguém entrou no sistema da prefeitura, quanto a isso não há dúvida. E pode ter colocado um vírus nos computadores.

O prefeito arregalou os olhos, visivelmente alarmado:

— Como é que você disse? Um cara entrou no nosso sistema?

— É. Um *hacker*, como a gente chama. Os *hackers* são pessoas que propositadamente quebram a segurança de redes ou pirateiam programas. Deve ser algum garoto mostrando para os amigos que pode entrar nos computadores da prefeitura.

O prefeito ficou calado um instante, testa franzida. Caco tentou tranquilizá-lo:

— Ora, prefeito, não se preocupe. Essas coisas acontecem. Quem tem computador e está ligado na rede não está livre dessas brincadeiras...

— Mas será que não é um recado? Uma mensagem em código?

— Claro que não. É uma bobagem, uma coisa sem sentido, sem pé nem cabeça.

O prefeito olhava-o, ainda desconfiado:

— Bem, se você diz... E você acha que pode consertar essa coisa?

— Claro. Agora mesmo.

— Vá em frente, Caco.

Hesitou um instante e acrescentou:

— E vamos torcer pra que isso não ocorra de novo.

Ao cabo de meia hora, os computadores estavam funcionando normalmente. Os funcionários da prefeitura estavam maravilhados: "Esse rapaz é gênio mesmo...".

Caco despediu-se e voltou para a loja. Durante uma boa meia hora ficou olhando a estranha mensagem que ele, por via das dúvidas, imprimira. O que seria aquilo? Qual o significado daquelas palavras?

O telefone tocou.

— Como é que vai esse gênio da informática? Aqui é o Jorge Silva.

O que não antecipava nada de bom. Caco imediatamente colocou-se na defensiva:

— Em que lhe posso ser útil?

O homem riu.

— Você sabe. Esse negócio que aconteceu com os computadores da prefeitura.

Então ele já estava informado: pelo visto dona Rita funcionava mesmo. Caco tentou minimizar o incidente: nada de mais, apenas uma brincadeira de mau gosto de algum desocupado.

— Você tem certeza?

— Claro que tenho certeza. Essas coisas acontecem. Hoje em dia, qualquer garoto pode se transformar num *hacker*. Até nos *sites* do governo americano eles já entraram.

— Pode ser — admitiu Jorge. — Mas mesmo assim meu faro me diz que há alguma coisa estranha aí. Não tente me enganar, rapaz. Você pode se arrepender.

Caco não tinha nenhuma vontade de continuar aquela conversa. Pediu licença e desligou.

Naquela noite contou o ocorrido a seu amigo Pedro, apelidado Coruja porque tinha uma óbvia semelhança com essa ave — e também porque gostava de ficar até tarde na internet. Como Caco, adorava computadores; os dois, e mais alguns amigos, se reuniam no bar do Tinhoso, no centro de Curuzu, e lá ficavam falando horas sobre o assunto — trocavam informações, revistas, dicas várias.

Caco mostrou-lhe a mensagem.

— O que você acha disto?

Coruja examinou o papel, cenho franzido:

— Não sei... Parece alguma coisa em código... Pelo visto é obra de *hacker*. Mas quem? Que eu saiba, não temos *hackers* aqui em Curuzu. Teria de ser um cara que entendesse tanto de computador quanto você, e isso não existe na cidade.

— Talvez você esteja enganado — disse Caco, azedo. Não gostava de *hackers*; e a ideia de vírus espalhados pelos computadores de Curuzu não lhe agradava nada, mesmo que isso lhe rendesse algum dinheiro.

— Acho que se você quiser encontrar esse *hacker* vai ter de bancar o detetive.

— Mas quem disse que eu quero encontrá-lo? Só quero que ele deixe em paz os computadores. Só isso.

Coruja percebeu que aquela história perturbava o amigo. Mudou de assunto, falou sobre um novo programa, acerca do qual tinha lido numa revista de informática. E ficaram conversando até as dez, quando Caco se despediu e foi para casa.

· 2 ·
Mais ataques do Comando P. Q.

Caco não dormiu bem naquela noite: chegou a ter pesadelos e acordou com uma dor de cabeça infernal. Mas levantou-se e, como sempre, foi à escola. Seus planos incluíam um curso de informática e ele se preparava para isso, ainda que nem sempre tivesse muita disposição para os estudos.

Nesse dia sentia-se particularmente incomodado: por alguma razão aquela história do *hacker* o perturbara. Foi com alívio que ouviu o som da campainha anunciando o fim das aulas. Passou em casa, comeu alguma coisa e seguiu para a loja: tinha de terminar o trabalho começado no dia anterior. O pai o esperava:

— O prefeito acabou de telefonar. Deu um problema nos computadores da prefeitura.

— De novo?

— De novo. Quer que você vá lá, e com urgência.

Caco pegou a maleta com os instrumentos e dirigiu-se para a prefeitura. Preocupado: alguma coisa lhe dizia que aquela história estava ficando complicada, muito complicada. Quanto ao prefeito, estava bastante irritado:

— Agora passou dos limites. Isso já não é brincadeira, é sabotagem. Dê uma olhada você mesmo.

Caco olhou para as telas dos computadores.

Formigas.

Isso mesmo: grandes formigas apareciam ali, movimentando-se de um lado para o outro, incansavelmente. Uma animação muito bem-feita que, contudo, tornava os insetos sinistros, uma espécie de ETS.

— Saúvas — disse um dos rapazes que trabalhava na seção.

— Como? — Caco não estava entendendo.

— Essas formigas que aparecem aí: são saúvas. Conheço bem, criei-me no campo. Formiga terrível, essa. Devora tudo o que encontra pela frente.

Quanto a isso Caco não tinha nenhuma dúvida. Como não tinha dúvida sobre a competência do *hacker*: de novo ele conseguira entrar no sistema.

— O pior — bradou o prefeito — é o vexame. Daqui a pouco toda a Curuzu vai estar falando dessas formigas. O Jorge Silva, aquele metido, veio aqui, quis fotografar os computadores. Botei ele pra fora, mas é certo que o bandido vai contar tudo. Já posso até ver a manchete: *Formigas espalhadas nos computadores do Ildefonso*. E logo agora que estamos perto das eleições! Você tem de resolver esse problema, Caco!

Caco não dizia nada. Olhava as formigas movendo-se, incansáveis, na tela. De vez em quando, um *close*: uma delas, vista em primeiro plano, mostrava uma carantonha ameaçadora. E enigmática. Tão enigmática e ameaçadora quanto o desconhecido *hacker*. Mas não teve dificuldades em resolver o problema: em pouco tempo as saúvas desapareceram como por encanto.

—Você é mesmo um gênio — disse Ildefonso.

Vacilou um instante e acrescentou:

— Mas agora tenho certeza de que alguém está fazendo essa coisa contra mim.

— E o que te dá essa certeza?

— Comando P. Q.

— Como? — Caco não estava entendendo.

— Era o que estava escrito numa das formigas: Comando P. Q. Você não viu? Bem, é possível: era uma formiga que aparecia e desaparecia. Mas eu vi. Comando P. Q.

— Deve ser o nome que o *hacker* usa — ponderou Caco.

— Certo. Mas por que "comando"? Este é um termo que os terroristas usam. E eu acho que alguém quer fazer terrorismo contra mim.

— E por que fariam isso?

O prefeito olhou-o muito sério:

— Escute, Caco: você é muito jovem, por isso não sabe das coisas. Mas política é uma guerra, sabe? Quem não mata, morre. Eu já derrotei muita gente. Gente que agora deve estar querendo vingança. Para combater esses caras, preciso descobrir quem é esse *hacker*, Caco. Preciso mesmo.

— Nós vamos descobrir — disse Caco. Sem muita convicção: de repente, sentia-se inseguro, como um pugilista que vai enfrentar um adversário desconhecido e poderoso. Por duas vezes evitara o nocaute. Mas, se o prefeito tinha razão, haveria um terceiro confronto. O *hacker* atacaria de novo. Quando? Como?

Uma das previsões do prefeito se confirmou: no dia seguinte a manchete de O *Município* anunciava que misteriosas formigas virtuais haviam invadido os computadores da prefeitura. Na cidade não se falava de outra coisa. O pai de Caco estava preocupado: será que aquela história não prejudicaria a pequena empresa?

De imediato, Caco adotou todas as precauções possíveis. Já naquele dia instalou nos computadores da prefeitura o mais moderno antivírus de que dispunha. Passou a andar com um celular, para que pudessem chamá-lo a qualquer momento.

Mesmo assim continuava preocupado. E não queria partilhar tais preocupações com o pai, sempre às voltas com os problemas da loja, e nem com a mãe, que trabalhava como secretária numa associação filantrópica e ainda tinha de cuidar da casa.

Seu confidente era o amigo Coruja. Sentados no bar, comendo um sanduíche atrás do outro, conversavam até tarde. Coruja tinha uma teoria: aquilo era coisa montada por alguém da própria prefeitura, um funcionário que desta maneira se vingava do prefeito (fazia um bom tempo que Ildefonso não aumentava os salários dos poucos servidores).

Coruja se ofereceu para ajudá-lo, ainda que em matéria de informática Caco soubesse muito mais.

— Quem sabe a gente discute melhor esse assunto...

Caco não podia: tinha de terminar uma pesquisa para a escola. Voltou para casa e fez a tarefa sem muito entusiasmo.

O que lhe causou um novo aborrecimento. O professor de literatura, Roberto, não gostou do trabalho:

— Você podia fazer melhor, Caco.

A observação magoou o rapaz. Contudo, ele reconhecia que o professor tinha razão: fizera uma coisa apressada, descuidada. Claro, o assunto dos computadores deixara-o perturbado, mas isso não era desculpa.

A campainha soou, anunciando a saída. Todos precipitaram-se para a porta, menos Caco, que ficou sentado, imóvel. De sua mesa, o professor Roberto observava-o:

— Algum problema, Caco?

— Não, nenhum problema — respondeu ele, tentando aparentar despreocupação.

O professor não parecia muito convencido:

— Eu conheço você desde pequeno, Caco. A mim você não engana. Alguma coisa está incomodando você. Espero que não seja doença ou algo assim...

Caco garantiu que não era nada sério, assunto de trabalho, como sempre. E, correndo o risco de parecer indelicado, abreviou o papo: tinha de almoçar rapidamente e ir para a loja. Despediu-se e saiu.

Trabalhou quase até as dez da noite, sempre com uma sensação estranha. Não que estivesse muito preocupado, mas a simples possibilidade de um novo ataque do Comando P. Q. era uma coisa desagradável. Foi para casa, estudou um pouco, mas precisou assistir muita tevê antes de adormecer. Acordou com uma decisão tomada.

• 3 •
Em busca de P. Q.

Caco procurou Coruja no colégio. O amigo estava em aula, mas fez sinal para que ele saísse. Coruja veio, chateado:
— Eu sei que você deve estar zangado comigo. Você me pediu ajuda e eu não o ajudei em nada. Mas é que—
— Não estou zangado coisa nenhuma — interrompeu Caco. — Mesmo porque não adianta se zangar. O negócio é ir em frente. Já resolvi: nós vamos descobrir quem é esse Comando P. Q.
Coruja arregalou os olhos:
— Nós? Nós, você disse? De jeito nenhum, Caco. Me deixa fora dessa, pelo amor de Deus.
— Mas por quê? — perguntou Caco, surpreso e ofendido: sempre achara que podia contar com o amigo em qualquer circunstância.
— Estive conversando com meu pai — disse Coruja, em tom de quem pede desculpas. — Falei pra ele daquela minha ideia de que esse *hacker* pode ser um funcionário da prefeitura. Ele acha que pode ser coisa pior: briga do prefeito com os inimigos dele. E você sabe que nessas brigas políticas sempre sobra para o mais fraco. Ele me pediu pra ficar fora disso, e acho que você deveria fazer o mesmo.
Caco não disse nada, mas sua expressão mostrava que não, não ficaria fora daquilo. Coruja, que conhecia, e admi-

rava, a persistência do amigo viu que se tratava de batalha perdida: agora Caco iria até o fim. E ele, como de costume, o acompanharia. Suspirou, resignado:

— Está bem, Caco. Se você quer mesmo, vamos descobrir o Comando P. Q. Mas por onde começar? Você tem alguma ideia a respeito?

— Tenho uma pista. As duas letras.

— Que duas letras?

— P. Q. O *hacker* não se identifica como Comando P. Q.? Pois eu acho que essas duas letras podem nos levar a ele.

Coruja olhava-o, incrédulo:

— P. Q.? Mas isso pode ser um milhão de coisas. Pode ser uma sigla. Ou talvez se trate de iniciais de um nome...

— Iniciais. É isso! Vamos partir do princípio de que se trata de iniciais. Se forem iniciais, de quem serão? De alguém da cidade ou de fora?

— É mais provável que seja alguém da cidade. Afinal, os inimigos do Ildefonso devem estar por aqui mesmo.

— De acordo. E então podemos começar a procurar na lista telefônica.

— Como é que você sabe que essa pessoa tem telefone?

— Se tem computador, e se manda mensagens pela internet, deve ter telefone, você não acha?

Coruja concordou. Pediram na secretaria a lista telefônica, que, proporcionalmente ao tamanho da cidade, era bem pequena. E foram para a letra Q. O número de assinantes ali se reduzia a quatro:

— Esta aqui eu conheço — disse Coruja. — Pérola Quevedo. É uma velha rabugenta, detesta coisas modernas tipo computador. Não precisamos procurá-la. E este aqui, Petrônio Quevedo, é o irmão dela. Mesma coisa.

— Com isso já eliminamos dois, então. Sobra este Pedro Quintino e o doutor Paulo Quadros. Você os conhece?

— Hum... Acho que não. Não tenho certeza. De qualquer modo, é bom a gente descobrir quem são.

— Bem. Então amanhã vamos fazer isso.

No dia seguinte, logo depois da aula, Caco e Coruja foram atrás dos dois P. Q.s da lista telefônica. Bateram na casa de Pedro Quintino. Quem abriu a porta foi o filho. Disse que o pai não poderia atender: havia duas semanas estava convalescendo de uma cirurgia cardíaca.

O que de imediato eliminou Pedro Quintino. Faltava o doutor Paulo Quadros.

— Você tem ideia de quem seja? — perguntou Caco.

— Não. E olhe que eu conheço todo o mundo aqui em Curuzu. Mas desse Paulo Quadros sei muito pouco. Parece que é um engenheiro, ou coisa assim... Se você quiser, posso obter mais informações.

— Não. Vamos até lá direto — decidiu Caco.

Foram ao endereço indicado na lista. A casa, localizada num bairro novo, afastado do centro, era muito grande, confortável e — detalhe que chamou a atenção dos dois — tinha duas antenas, uma de tevê, outra de radioamador.

— Pelo visto, o nosso homem é ligado em comunicações — disse Coruja.

— E provavelmente em internet — acrescentou Caco. — Não sei não, mas algo me diz que estamos perto do Comando P. Q.

Antes de baterem à porta, resolveram traçar uma estratégia: se apresentariam como entrevistadores de uma empresa de comunicação e *marketing*, fariam várias perguntas para descobrir o quanto o homem entendia de computadores.

Tocaram a campainha e ficaram, ansiosos, à espera.

A porta se abriu e uma garota apareceu. Lindíssima: morena de olhos claros, longos cabelos escuros, um corpo maravilhoso. Caco chegou a perder a fala. A moça teve de perguntar duas vezes o que ele queria, para que finalmente o rapaz respondesse:

— Ah, sim... Queríamos falar com o doutor Paulo Quadros.

— É meu pai — disse a garota. — Mas ele não está. Posso ajudar em alguma coisa?

— Eu queria fazer algumas perguntas... É pra uma pesquisa...

— Faça suas perguntas, então.

Sorriu (um sorriso maravilhoso):

— O que eu souber eu respondo. O que eu não souber, você inventa.

As respostas dela reforçaram as suspeitas de Caco. Sim, o doutor Paulo tinha vários computadores. Sim, ele trabalhava com a internet. Sim, ele tinha feito vários cursos de informática. Caco ouvia essas afirmativas consternado: teria preferido que o pai daquela bela garota não fosse o *hacker* que ele estava procurando. Mas, se ele era o vilão, paciência.

Faltava descobrir se o doutor Paulo tinha alguma coisa contra o prefeito, mas isto ele deixou para depois.

— Mais alguma coisa? — perguntou a moça.

— Sim — disse Caco. — Eu gostaria de saber seu nome.

— Eu sou a Beatriz.

— E eu sou o Caco.

Estendeu a mão, que ela apertou na sua mãozinha quente, delicada.

— Este aqui é o meu amigo, o Coruja.

(Que ficou aborrecido: não gostava que Caco revelasse seu apelido a estranhos. Principalmente a uma garota tão bonita.)

— Eu não conhecia você... — disse Caco.

— Bem, nós somos novos na cidade. Estamos aqui há um ano e pouco. Meu pai é engenheiro eletrônico, veio aqui pra abrir uma nova empresa.

Fez uma careta:

— Mas não sei se vai dar certo. Ele teve uma briga com o prefeito...

O coração de Caco se acelerou:

— Uma briga? Por quê?

— Parece que o prefeito andou exigindo umas coisas que... Bem, não sei. Não me perguntem. O que eu sei é que meu pai está bem irritado com esse tal de Ildefonso.

Olhou o relógio:

— Desculpem, mas tenho um compromisso. Vou com minha irmã Heloísa ao médico. Ela é mais velha do que eu, mas é muito tímida; por isso sempre a acompanho. E já está na hora... Era só isso que vocês queriam?

Não, não era só aquilo: Caco gostaria de ficar mais, de conversar, de marcar um encontro. Mas não queria ser inconveniente, de modo que se despediu, agradecendo muito. Mas antes de ir embora resolveu arriscar:

— Posso te telefonar um dia desses? Conheço muita gente aqui. Talvez possa apresentar você a um pessoal interessante...

Ela hesitou, mas optou por sorrir:

— Ora, claro que você pode me telefonar.

Nesse momento apareceu Heloísa. Eram muito parecidas, as duas, embora Beatriz fosse bem mais bonita.

— Está na hora, Beatriz...

Beatriz apresentou Caco e Coruja para a irmã.

— Não se preocupe — disse Caco. — Não vamos atrapalhar: já estávamos de saída.

Despediram-se, e se foram. Coruja vibrava:

— É esse o cara, Caco. Tenho certeza de que é esse o cara. Você não acha?

Caco não respondeu. Pensava em Beatriz. Que garota bonita! E meiga, gentil... Teria ele alguma chance?

— Você não acha, Caco?

— Desculpe, eu não estava ouvindo.

— Perguntei se você não acha que esse tal de Paulo Quadros tem tudo pra ser o P. Q.

— Bem, acho que há muitas coincidências...

Coruja o encarou, intrigado:

— Pelo visto, você não está muito satisfeito com essa pista...

Riu:

— Já sei por quê. Você não gostaria que o P. Q. fosse o pai da garota. Acertei? Claro que acertei. Afinal, conheço você. Para alguma coisa somos amigos desde crianças. Mas não se preocupe: se o Paulo Quadros for mesmo o P. Q., tudo o que você tem a fazer é dizer para o cara acabar com essa brincadeira. O prefeito vai ficar contente, e você vai poder namorar a Beatriz. Estou certo?

Bem gostaria Caco que o otimismo do amigo se justificasse. Mas ainda havia muitas interrogações na história, a começar pela mais crucial: seria Paulo Quadros realmente o Comando P. Q.?

Um jeito de iniciar a investigação seria aproximar-se de Beatriz. Talvez a garota contasse algo que fosse revelador. Mas a Caco isso desgostava. Em primeiro lugar, fingir, coisa que inevitavelmente teria de fazer, era algo que não lhe agradava. Em segundo lugar, e mais importante, sentia-se atraído pela garota. E ninguém pode bancar o detetive junto a uma pessoa por quem sente afeto.

Nos dois dias que se seguiram, Caco esteve às voltas com esse dilema. Mas o prefeito tanto o aporrinhou — queria uma resposta — que decidiu ir em frente. Telefonou para Beatriz, convidando-a para sair. O que ela aceitou de bom grado.

Foi buscá-la à noite. Ela o fez entrar, apresentou-o aos pais. O doutor Paulo Quadros não correspondia, em absoluto, à imagem de um *hacker*: era um homem sisudo, óculos de grossas lentes, elegantemente vestido. Já ouvira falar de Caco:

— Dizem que você é um gênio da informática, verdade?

Caco ficou vermelho:

— Bem, um pouco a gente entende...

O homem sorriu:

— Qualquer dia vamos trocar ideias a respeito. Essa é uma área da qual eu gosto muito.

Caco propôs a Beatriz uma caminhada pelo centro da cidade. Andaram um pouco e depois foram a um bar. Não o barulhento bar do Tinhoso, um outro, mais tranquilo (e mais caro, mas aquele era um investimento que ele teria de fazer). Conversaram por muito tempo sobre vários assuntos, Caco cada vez mais ansioso, espiando disfarçadamente o relógio: temia que de repente ela quisesse ir embora, sem que ele tivesse descoberto nada. De modo que optou por atropelar e começou a perguntar coisas sobre o doutor Paulo: ele ficava muitas horas no computador? Para quem ele mandava mensagens? Ela olhava-o, em princípio intrigada, depois francamente aborrecida. E acabou dando um basta:

— Olhe, Caco, não sei por que você está perguntando essas coisas todas. Desconfio que isso tenha a ver com a história dos computadores da prefeitura. Se você pensa que eu estou a fim de ser investigada, engana-se. E agora vou para casa. Você não precisa me acompanhar.

Levantou-se e foi embora, deixando o pobre rapaz arrasado. Além de não conseguir descobrir nada, ainda ofendera Beatriz. Era muito desastre para uma noite só.

· 4 ·
Entra em cena Lima Barreto

Caco ficou tão mal com aquela história que no dia seguinte não conseguia prestar atenção nas aulas. O professor Roberto notou que alguma coisa estava acontecendo. Quando terminaram as aulas, chamou-o para uma conversa na sala dos professores — vazia, naquele momento:

— Agora você tem de me falar: o que afinal está preocupando tanto você?

Em princípio, Caco não queria dizer nada, mas o professor insistiu e ele acabou contando o que tinha acontecido. Roberto concordou: o incidente fora mesmo desagradável. Mas tinha algo a comentar sobre aquela história do *hacker*:

— Tenho um palpite a respeito...

— Qual é? — perguntou Caco, esperançoso. Roberto era conhecido como homem muito culto e inteligente.

— Já lhe digo. Antes vamos recapitular. Foram dois ataques, não foram? No primeiro, apareceu uma estranha mensagem nos computadores; depois, as saúvas. É isso?

— É.

— Eu gostaria de ver a mensagem. Por acaso você a imprimiu?

Caco abriu a mochila, extraiu dali uma folha de papel:

— Está aqui.

Roberto não pôde deixar de achar graça:

— Mas então você anda com isso o tempo todo?

— É. Tenho a esperança de que alguém olhe e me dê alguma dica... Será que você é o salvador da pátria?

Roberto olhou o papel.

— Hum... Acho que minha suspeita tem fundamento. Mas ainda pretendo confirmá-la com um colega... Você deixa comigo esse papel?

— Pode ficar com ele — concordou Caco, sem entender bem o que o professor tinha visto ali. Uma pausa, e ele arriscou: — Pode-se saber o que você está pensando?

Em resposta, Roberto levantou-se, foi até seu armário, abriu-o, e, dos muitos livros que estavam ali, extraiu um:

— Quero que você leia este livro.

Caco pegou o livro:

— *Triste fim de Policarpo Quaresma*, de Lima Barreto... Nunca ouvi falar. Tem alguma coisa a ver com essa história do *hacker*?

— Talvez — foi a enigmática resposta.

Caco, que folheava o livro, protestou:

— Mas aqui diz que esta obra foi publicada, em capítulos, a partir de 1911. Naquela época não havia computador, muito menos *hacker*.

— Eu sei. Mas mesmo assim quero que você leia.

Caco não se mostrava muito entusiasmado.

— Sei o que você está pensando — disse o professor. — "Eu aqui às voltas com esses problemas de computador e me vem esse cara querendo que eu leia um livro que já tem quase um século — que saco!" É isso, Caco?

Caco ficou vermelho:

— Bem... É mais ou menos isso... O que eu não entendo...

— É o que tem a literatura a ver com a vida? Tem tudo a ver. É o que esse livro vai mostrar a você — se eu estiver certo.

Caco levantou-se, enfiou o livro na mochila:

— Vou ler — prometeu, mas sem muita convicção.

Despediu-se do professor Roberto e foi para casa. Pretendia comer qualquer coisa, mas estava sem apetite. Foi para o seu quarto, deitou-se e ali ficou, olhos fixos no teto. Sentia-se chateado, deprimido mesmo.

Foi então que se lembrou do livro. "Quem sabe a leitura me distrai um pouco", pensou. Abriu a mochila, tirou o volume. Era relativamente pequeno, muito manuseado: pelo jeito, o professor Roberto tinha lido o livro várias vezes.

Havia uma introdução, apresentando Afonso Henriques de Lima Barreto ao leitor.

Não tivera uma vida fácil, o escritor. Nascido em 1881, era mulato — o que, numa época em que os negros eram escravizados, traduzia-se em preconceito e discriminação. Além disso, era de família muito pobre e órfão de mãe. Com muita dificuldade, conseguiu cursar engenharia na Escola Politécnica, mas teve de interromper os estudos: o pai ficou incapacitado por doença mental; coube ao jovem Afonso Henriques a tarefa de sustentar a família.

Tornou-se funcionário público, na então Secretaria da Guerra, mas também escrevia, inclusive em jornais. E livros: *Recordações do escrivão Isaías Caminha, Os bruzundangas, Clara dos Anjos.* Morreu em 1922, aos 41 anos, pobre, doente, sem ter seu talento reconhecido.

Começou a leitura, e para sua própria surpresa, ficou fascinado: simplesmente não conseguia largar o livro — foi devorando página após página. Levou um susto quando, de repente, bateram à porta.

Era o Coruja.

— O que é que houve, Caco? Você não apareceu no bar...

Caco olhou o relógio: sete horas. O tempo passara sem que ele percebesse.

— Seu pai disse que você também não apareceu na loja, e que, pelo jeito, você estava estudando...

— Estudando, não: lendo.

Mostrou o livro. Coruja não o conhecia:

— *Triste fim de Policarpo Quaresma*... É tão bom assim?

— É.

— Então me faz um resumo do que você já leu.

— Resumo? É uma pena... Garanto que você gostaria muito mais de ler o livro. Mas se você quer um resumo, vamos lá. A história se passa no Rio de Janeiro, no começo do século vinte. O Policarpo Quaresma, que todo o mundo chama de Major Quaresma, é um funcionário público importante, trabalha no Arsenal de Guerra. Solteirão, quadrado, todos os dias faz as mesmas coisas. Por exemplo: sempre chega em casa às quatro e quinze da tarde. Os vizinhos todos já sabiam disso. Como diz o Lima Barreto, "na casa do Capitão Cláudio, onde era costume jantar-se aí pelas quatro e meia, logo que o viam passar, a dona gritava à criada: 'Alice, olha que são horas; o Major Quaresma já passou'". Quaresma dava-se bem com as pessoas, mas não recebia ninguém. Era considerado, diz o Lima Barreto, "esquisito e misantropo".

— Espere aí — interrompeu Coruja. — O que é misantropo?

— Eu também não sabia, mas olhei no dicionário: misantropo é aquele que odeia o ser humano.

— Ah, misantropo. Agora já sei o que é. E além de ser misantropo, o que fazia esse homem nas horas vagas? Porque naquela época não existia computador, nem tevê, nem rádio...

— Ele lia. Lia muito, principalmente autores brasileiros. "Policarpo era patriota. Desde moço, aí pelos vinte anos, o amor da pátria tomou-o todo inteiro." Lima Barreto diz que o objetivo de Policarpo era um "conhecimento inteiro do Brasil" e dos recursos do país, "para depois então apontar os remédios, as medidas progressivas, com pleno conhecimento de causa". O sonho dele, quando garoto, era ser soldado. Só que não passou no exame médico. Ficou muito chateado, mas deu um jeito de compensar a frustração: arranjou uma ocupação burocrática no exército. E dedicou-se ao estudo do Brasil. Tem uma passagem muito interessante sobre isto...

Folheou rapidamente o livro, achou a página, leu:

Era costume seu, assim pela hora do café, quando os empregados deixavam as bancas, transmitir aos companheiros o fruto de seus estudos, as descobertas que fazia, no seu gabinete de trabalho, de riquezas nacionais. Um dia era o petróleo, que lera em qualquer parte como sendo encontrado na Bahia; outra vez, era um novo exemplar de árvore da borracha que crescia no Rio Pardo, em Mato Grosso.

— Interessante. Já naquela época o cara sabia que petróleo seria importante.

— Pra você ver. E tinha muitos interesses, o Quaresma: lá pelas tantas, resolveu dedicar-se à música, ajudado por seu amigo Ricardo Coração dos Outros; para isso, narra Lima Barreto, optou pelo violão: "tratou de aprender o instrumento genuinamente brasileiro e entrar nos segredos da modinha".

— Estou começando a gostar desse cara — observou Coruja, que também tocava violão.

— Por causa do seu patriotismo, Policarpo Quaresma também resolveu aprender tupi-guarani. Ficou tão entusiasmado com a língua dos índios que mandou um requerimento para a Câmara de Deputados, dizendo o seguinte... Espere um pouco, tenho de achar a página... Aqui está.

Leu:

Policarpo Quaresma, cidadão brasileiro, funcionário público, certo de que a língua portuguesa é emprestada ao Brasil; certo também de que, por esse fato, o falar e o escrever em geral, sobretudo no campo das letras, se veem na humilhante contingência de sofrer continua-

mente censuras ásperas dos proprietários da língua; sabendo, além, que, dentro do nosso país, os autores e os escritores, com especialidade os gramáticos, não se entendem no tocante à correção gramatical, vendo-se, diariamente, surgir azedas polêmicas entre os mais profundos estudiosos do nosso idioma — usando do direito que lhe confere a Constituição, vem pedir que o Congresso Nacional decrete o tupi-guarani como língua oficial e nacional do povo brasileiro.

— Peraí: o Policarpo queria que todo o mundo começasse a falar e a escrever tupi-guarani? Então o cara era meio maluco!

— Talvez. Mas ele também queria combater os caras que chamava de "proprietários da língua", pessoas que complicavam muito a forma de escrever e a gramática. É que naquele tempo tinha muito analfabeto no Brasil, gente que mal e mal falava o português. Claro que o tupi-guarani não seria uma solução, mas o Policarpo achava que com isso o Brasil por assim dizer começaria de novo — e começaria certo.

— E qual foi o resultado desse pedido?

— Diz o Lima Barreto que "este requerimento do major foi durante dias assunto de todas as palestras. Publicado em todos os jornais, com comentários facetos, não havia quem não fizesse uma pilhéria sobre ele". Quer dizer: gozação geral pra cima do pobre Quaresma. Pior que isso: a sua popularidade — porque agora ele era popular — irritou os colegas de repartição. A única pessoa que dava apoio ao coitado do Quaresma era a afilhada dele, a Olga. O Lima Barreto escreve aqui que a Olga tinha pena de "ver mal compreendido o ato daquele homem que conhecia há tantos anos, seguindo o seu sonho, isolado, obscuro e tenaz". Aí aconteceu uma coisa que complicou ainda mais a situação do Quaresma. Ele tinha de passar a limpo um ofício sobre o Mato Grosso, em que apareciam palavras em tupi. Distraído, acabou traduzindo todo o ofício para a língua indígena. O diretor, furioso, deu-lhe uma suspensão.

— Mas que horror! Era um desastre atrás do outro — completou Coruja.

— O pior de tudo é que o Quaresma acabou no hospício...

— No hospício? Só por causa da história do tupi-guarani?

— Você não se lembra do que o nosso professor de História ensinou? Naquela época, começo do século vinte, as pessoas tinham muito medo de doença mental — quase não havia tratamento pra esse tipo de doença. Então, quando o cara ia para o hospício, ficava lá por muito tempo. E qualquer um que fosse um pouco estranho, um pouco diferente, podia ser internado. Você não lembra daquele livro do Machado de Assis que a gente leu, *O alienista*? Pois o alienista, que tomava conta do hospício de Itaguaí — a Casa Verde —, quase interna a cidade inteira. Quando a gente leu o livro, eu achei que aquilo era gozação. Mas não estava tão longe da verdade, não. Muita gente ia para o hospício. Você sabe que o próprio Lima Barreto foi internado? Isso aconteceu três anos depois da publicação deste livro.

— Era doente, então...

— Era um homem sofrido. Muito sofrido. Bebia muito...

— E o que aconteceu com Policarpo? — quis saber Coruja.

— Passou seis meses no hospício, convivendo com os pacientes, "ricos que se diziam pobres, pobres que se queriam ricos, sábios a maldizer da sabedoria, ignorantes a se proclamarem sábios". Conta Lima Barreto: "Saiu o major mais triste ainda do que vivera toda a vida. De todas as coisas tristes de ver, no mundo, a mais triste é a loucura". A afilhada dele, Olga, sugeriu que comprasse um sítio; lá poderia cultivar uma horta, cuidar de um pomar — seria bom. Quaresma, que agora estava aposentado — o Ricardo Coração dos Outros tinha cuidado disso pra ele —, gostou da ideia. Comprou uma propriedade chamada Sítio do Sossego, que ficava perto do Rio de Janeiro — você não adivinha onde.

— Onde? — perguntou Coruja.

— Aqui em Curuzu — disse Caco.

— Não diga! — Coruja estava achando aquela história cada vez mais instigante. — Será por isso que o Roberto pediu pra ler esse livro?

— Pra dizer a verdade, não sei. E também ainda não sei como continua a história: parei a leitura aqui. O Roberto diz que tem alguma coisa a ver com o *hacker*, mas ainda não descobri exatamente o quê.

Consultou o relógio:

— Ainda é cedo. Você não quer comer alguma coisa no bar?

Foram.

O bar estava cheio. O lugar era frequentado pelos mais diversos tipos de pessoas: estudantes, profissionais liberais, comerciantes, políticos. E em todas as mesas o assunto era o mesmo: o vexame pelo qual o prefeito passara.

Muitos estavam indignados, outros se deliciavam com a história, mas todos estavam de acordo numa coisa: ali havia vários mistérios. Quem estava sabotando os computadores da prefeitura? Quem era o Comando P. Q.? O que pretendia?

O pessoal da oposição, embora saboreando a desgraça do prefeito, negava qualquer responsabilidade no assunto. E não faltou quem provocasse Caco:

— Quem é que vai ganhar essa parada, o *hacker* ou você?

— Acho que vou pra casa — disse Caco, aborrecido.

— Não dê bola pra esses caras — aconselhou Coruja, mastigando um sanduíche. — Esse pessoal adora tirar sarro, você sabe.

— A verdade — suspirou Caco — é que estou com um problemão. Este *hacker* tem toda a pinta de ser um gênio da informática.

Deu um soco na mesa:

— Mas ele é de carne e osso como nós, cara! E se ele é de carne e osso como nós, dá pra descobrir quem é!

— E como você vai fazer isso?

— Não sei — respondeu Caco, amargo. — Simplesmente não sei.

Ficaram os dois em silêncio. O rosto de Coruja se abriu num largo sorriso:

— Mas você vai descobrir, cara. Eu sei que você vai descobrir. Capacidade pra isso não te falta, pode crer.

— Tomara que você esteja certo — disse Caco. — Bem, vou indo.

— Termine seu sanduíche — propôs Coruja.

— Termine você. Estou sem fome. E cansado.

Foi direto para casa. Deitado na cama, folheou várias revistas de informática: estava em busca de dicas sobre *hackers*, mas não achou nada, e acabou adormecendo.

Às quatro da manhã, acordou — e não conseguiu mais dormir. Os acontecimentos do dia anterior ainda estavam muito presentes em sua memória. E a pergunta continuava a atormentá-lo: como encontrar o *hacker*? Era um adversário temível aquele. Mas isso não o faria desistir.

Quase automaticamente, apanhou o livro de Lima Barreto, que estava em sua mesa de cabeceira, e começou a ler. De repente, chegou a uma passagem que o fez arregalar os olhos de espanto. Imediatamente, pegou o telefone e ligou para o Coruja. Que protestou:

— Você está maluco, cara? Sabe que horas são? Cinco da manhã! Isso é hora de acordar alguém? Ainda bem que eu atendi o telefone e não o meu pai...

— Desculpe, Coruja, mas preciso falar com você. É uma coisa muito importante.

— É melhor que seja importante mesmo — disse Coruja, ainda irritado. — Onde é que vamos nos encontrar?

— Eu passo aí.

Apanhou o livro, colocou-o na mochila e saiu.

• 5 •
Formigas: isso faz sentido

Coruja já esperava Caco, vestido. Levou o amigo para a cozinha, perguntou-lhe se queria tomar café com um bolo que a mãe havia feito. Diante da recusa de Caco, comentou:

— Você deve estar ansioso mesmo. É a primeira vez que vejo você recusar uma fatia de bolo. Afinal, o que é que você tem pra me contar?

— Uma coisa que descobri de madrugada, lendo o livro.

— O *Triste fim de Policarpo Quaresma*? Puxa vida, você está mesmo apaixonado por esse livro. Mas não vai me dizer que me tirou da cama pra falar de literatura.

— Não. Quer dizer: é pra falar, sim, do *Policarpo Quaresma*. Mas também é pra falar dessa história do *hacker*.

Caco agarrou-lhe o braço:

— O Roberto tinha razão, Coruja — disse, os olhos brilhando. — Aqui, neste livro, tem uma pista muito importante.

— Importante pra quê?

— Pra nos levar ao *hacker*.

— Então conte.

— Bem. Você se lembra da primeira parte do livro...

— Lembro. Aquela história do Policarpo Quaresma com o tupi-guarani, a briga toda... Lembro, sim. E daí?

— Depois disso, o Policarpo Quaresma, acompanhado pela irmã mais velha, Adelaide, mudou-se pra um sítio. Queria viver da terra, dos produtos da terra. Em pouco tempo, ele estava entusiasmado com o trabalho.

— Como tinha ficado entusiasmado com o tupi-guarani...

— É. Conta o Lima Barreto: "Planejou a sua vida agrícola com a exatidão e a meticulosidade que punha em todos os seus projetos... não por ambição de fazer fortuna, mas por haver nisso mais uma demonstração das excelências do Brasil". Arranjou um empregado, o preto Anastácio, e foi em frente: "Era de vê-lo, coberto com um chapéu de palha de coco, atracado a um grande enxadão de cabo nodoso, ele, muito pequeno, míope, a dar golpes sobre golpes". Não se interessava por mais nada. Um cara quis lhe falar das brigas políticas em Curuzu, mas Quaresma desconversou. O negócio dele agora era outro: "Não estava ali a terra boa para cultivar e criar? Não exigia ela uma árdua luta diária?". Ele não entendia como é que os brasileiros não aproveitavam a terra. Outra coisa que o deixava triste, naquela gente humilde de Curuzu, era o fato de que "não se associavam para coisa alguma e viviam separados, isolados, em famílias geralmente irregulares, sem sentir a necessidade de união para o trabalho da terra".

— Vai ver que os caras nem pensavam nisso. Ou se pensavam, não tinham vontade de se unir. Às vezes o cara está tão por baixo que se contenta em ir vivendo cada dia como dá — comentou Coruja.

— Verdade. Agora: o Quaresma não deixava de ajudar o pessoal. Deixava que os pobres pegassem lenha em sua propriedade, distribuía remédios, esmolas. Os graúdos não gostavam disso. Achavam que o Quaresma estava fazendo politicagem...

— Quer dizer: aqui em Curuzu essa história de briga política é velha...

— É. Um dia Quaresma abre o jornal de Curuzu, *O Município*...

— O quê! — Coruja, espantado. — Esse jornal já existia?

— Bem, isso eu não sei. Talvez o Jorge tenha usado o mesmo nome... Mas então Quaresma começa a ler o jornal e dá com uns versinhos dedicados a ele:

Quaresma, meu bem, Quaresma!/ Quaresma do coração!/ Deixa as batatas em paz,/ Deixa em paz o feijão./ Jeito não tens para isso/ Quaresma, meu cocumbi!/ Volta à mania antiga/ De redigir em tupi.

— O que é cocumbi?

— Isto eu tive de olhar no dicionário, era uma antiga festa de negros. Ou seja: o autor do artigo — como muita gente em Curuzu — não levava a sério os planos de Quaresma. Que ficou aborrecido, mas resolveu esquecer o assunto, mesmo porque naqueles dias estava recebendo a visita de seu amigo Ricardo e da afilhada Olga, com o marido — ela havia casado recentemente. Percorrendo as redondezas, Olga ficou impressionada com "a miséria geral, a falta de cultivo, a pobreza das casas, o ar triste, abatido da gente pobre". Por que isso? Foi o que ela perguntou a um trabalhador rural, o Felizardo. E recebeu uma resposta meio desanimada: "Terra não é nossa... E 'frumiga'?... Nós não 'tem' ferramenta...". Lima Barreto explica que nessa época estavam chegando ao Brasil, como à América em geral, muitos imigrantes europeus, que recebiam algum auxílio do governo, interessado em uma mão de obra mais qualificada, e ainda por cima branca; e era disso que Felizardo se queixava. Olga ficou impressionada com a resposta do trabalhador: "A terra não era dele? Mas de quem era, então, tanta terra abandonada? Ela vira até fazendas fechadas, com as casas em ruínas... latifúndios inúteis e improdutivos...".

— Parece que as coisas não mudaram muito... — comentou Coruja.

— Pois é. Além dos problemas que Policarpo Quaresma já tinha, ele começou a enfrentar outra ameaça. E aqui estamos chegando mais perto daquilo que nos interessa...

Fez uma pausa.

— Desembucha, cara — reclamou Coruja. — Você quer me matar de curiosidade?

— Vamos lá, então. Uma noite, Quaresma estava lendo um livro sobre "as riquezas e opulências do Brasil" quando, de repente, ouviu um barulho que vinha da despensa, próxima a seu quarto. Foi até lá. Conta o Lima Barreto: "Abriu a porta; nada viu. Ia procurar nos cantos, quando sentiu uma ferroada no peito do pé. Quase gritou. Abaixou a vela para ver melhor e deu com uma enorme saúva agarrada com toda a fúria à sua pele magra".

— Saúva? Uma formiga? O barulho era das formigas...

— É. O barulho que ele tinha ouvido era de formigas — milhares delas, milhões. Ele afugentou-as como pôde. Dias depois, reapareceram. Primeiro, destruíram o milharal; depois, invadiram o pomar.

Interrompeu-se, olhou o amigo:

— Você se deu conta do detalhe, Coruja?

— Detalhe? Qual detalhe? — Coruja não estava entendendo. — A história é interessante, mas francamente ainda não descobri o que tem a ver com o *hacker*.

— E as formigas? As saúvas?

Coruja arregalou os olhos:

— Verdade, Caco! As saúvas! Aquelas formigas que o *hacker* fez aparecer nos computadores da prefeitura!

— Exatamente — disse Caco. — Saúvas. Numa delas, segundo o Ildefonso, estava escrito "Comando P. Q.". Eu não entendia o que isso queria dizer. Agora me dei conta: P. Q. é Policarpo Quaresma.

— Então não se tratava das iniciais do Paulo Quadros...

— Não. O *hacker* usou o nome do personagem do Lima Barreto.

— A troco de quê?

— Isso é o que a gente tem de descobrir. Mas já estamos no caminho.

Coruja, impressionado, ficou calado um instante. Depois voltou à carga:

— Mas espere um pouco, Caco: essa coisa das saúvas apareceu na segunda mensagem. E a primeira? O que tinha a primeira mensagem a ver com o livro do Lima Barreto?

— Isso também não sei — admitiu Caco. — Mas tem uma pessoa que pode saber.

— Quem?

— O professor Roberto. Ele se encarregou de fazer uma pesquisa. Pegou a mensagem impressa, disse que ia perguntar uma coisa pra um amigo dele.

— Que coisa?

— Pois é isso que eu não sei. Ele não me disse. É uma suspeita que teve, mas não entrou em detalhes.

— Que coisa! — Coruja estava impressionado.

Uma ideia ocorreu a Caco:

— Quem sabe se perguntarmos ao próprio Roberto?

Olhou o relógio:

— Ele já deve estar no colégio. Aliás, está quase na hora da aula. Vamos lá?

— Vamos.

Coruja levantou-se, limpou a mesa:

— Você não quer mesmo uma fatia deste bolo? Olha que está muito bom...

— Não. Quero esclarecer essa coisa, que está me torrando a paciência. Vamos logo.

Correram para o colégio, foram direto à sala dos professores. De fato, o professor Roberto estava lá. Ao ver Caco, sorriu:

— Como é que você adivinhou que eu queria falar com você?

— Você já sabe alguma coisa sobre aquela mensagem?

— Já. E a minha suspeita se confirmou. Sabe o que é aquilo? Dê um palpite.

— Não tenho a mínima ideia.

— Pois sente-se pra não cair. É tupi-guarani, meu caro. Isso não lembra nada a você?

Caco pensou um pouco. Seu rosto se iluminou:

— Policarpo Quaresma! Claro! O homem que queria trazer de volta o tupi-guarani!

— Exatamente. E o texto é um trecho do livro dele, traduzido. Assim como a segunda mensagem, aquela das saúvas, também tem a ver com a história do Policarpo Quaresma — o P. Q. das mensagens. Em suma: o *hacker* está se baseando no livro do Lima Barreto pra fazer suas brincadeiras.

— Mas por quê?

— Está aí o mistério. Só ele mesmo, o *hacker*, poderá nos dizer por quê.

Ficaram em silêncio uns instantes:

— Mas isso é fantástico — murmurou Caco. — Um *hacker* que se inspira num livro do Lima Barreto é uma coisa fantástica. Estou até começando a admirar esse cara. Pena que ele está infernizando minha vida... Não sei quem é, não sei o que pretende...

— Talvez ele pare por aqui — ponderou Coruja, consolador.

— Acho que não. O livro ainda não terminou. Há uma terceira parte... — disse o professor Roberto.

Caco arregalou os olhos:

— Mas nada impede que a gente tente descobrir os planos dele!

— Como? — Coruja tentava entender.

— Vamos ver se alguma coisa nessa terceira parte funciona como indício.

Caco voltou-se para o professor:

— Você não quer resumir pra nós a parte final? O Coruja aqui também já conhece um pouco da história. Claro, nós vamos ler o livro, que aliás é fantástico. Mas é só pra adiantar as coisas...

Roberto riu:

— Eis aí o que eu chamo de proposta indecorosa. Mas você está com sorte: tenho algum tempo, posso fazer isso.

· 6 ·

Descobrindo pistas

O professor Roberto pegou o livro e abriu:
— Vocês se lembram dos problemas de Policarpo no sítio... Como se recusou a tomar partido de um chefe político local, este se vingou, intimando-o a capinar e limpar a estrada em frente ao Sítio do Sossego, o que representava uma grande despesa. E, para cúmulo do azar, uma peste atacou o galinheiro, matando patos, perus e galinhas. Pois bem: ainda estava às voltas com isso quando estourou uma revolta da Marinha contra o autoritário governo do presidente Floriano Peixoto. "A simpatia da população era pelos insurgentes", comenta Lima Barreto, que viveu esse período. Olga, por exemplo, a afilhada de Quaresma, apoiava a revolta. Nisso discordava do pai, Coleoni, e do marido, o doutor Armando Borges, um médico ambicioso, carreirista. Quaresma também apoiava o governo, tanto que mandou um telegrama endereçado ao presidente: "Peço energia. Sigo já". O telegrama foi publicado num jornal do Rio de Janeiro.
O professor continuou:
— Quando começa a terceira parte, vamos encontrar Quaresma no palácio do governo. Não é exatamente um lugar pomposo, solene: "Não era raro ver-se pelos divãs, em outras salas, ajudantes de ordem, ordenanças, contínuos, cochilando, meio deitados e desabotoados". Entrar no palácio era fácil;

mais difícil era falar com o presidente, o marechal Floriano Peixoto, por quem Lima Barreto não esconde a antipatia, um homem de fisionomia "vulgar e desoladora", "olhar mortiço", que manifestava uma "ausência total de qualidades intelectuais" e uma "preguiça mórbida". Era honesto, mas autoritário; concebia o governo como uma "tirania doméstica".

— Mas se tinha tantos defeitos — perguntou Coruja — por que o Quaresma o procurava?

— Porque, apesar de tudo — respondeu o professor —, confiava no presidente, e achava que ele faria uma "reforma radical" do Brasil. E era por isso que tinha ido ao palácio; pra entregar ao presidente um documento em que propunha medidas pra salvar a agricultura brasileira. Consegue falar com Floriano, que não lhe dá muita bola. "Deixa aí", responde, e começa a falar com um senhor chamado Bustamante que ali está pra informar sobre a organização de um batalhão. Neste momento uma ideia ocorre a Floriano: incorporar Quaresma no referido batalhão. Bustamante resolve dar a Policarpo Quaresma o posto de major — afinal, é como todo o mundo o chama —, mediante o pagamento de uma quantia.

— Quer dizer: os cargos estavam à venda...

— Isso. E de repente Quaresma torna-se major das tropas que defendem o governo. Aliás, não só ele: seu amigo Ricardo Coração dos Outros também está lá, reclamando que não pode tocar violão. No começo, a coisa não parece muito uma guerra. Lima Barreto é até irônico a respeito: "... a rua do Ouvidor era a mesma. Os namoros se faziam e as moças iam e vinham. Se uma bala zunia no alto céu azul, luminoso, as moças davam gritinhos de gata, corriam para dentro das lojas, esperavam um pouco e logo voltavam sorridentes...". É verdade que "quase todas as tardes havia bombardeio, do mar para as fortalezas, e das fortalezas para o mar", mas "tanto os navios como os fortes saíam incólumes". Os populares assistiam a tudo, perto inclusive das trincheiras, e mais curiosos que assustados: às vezes, "um cidadão qualquer chegava ao oficial e muito delicadamente pedia: 'O senhor dá licença que eu dê um tiro?'. O oficial acedia, os serventes carregavam a peça e o homem fazia a pontaria e um tiro partia".

Roberto continuou a ler:

Com o tempo, a revolta passou a ser uma festa, um divertimento da cidade... Quando se anunciava um bombardeio, num segundo, o terraço do Passeio Público se enchia... Alugavam-se binóculos e tanto os velhos como as moças, os rapazes como as velhas, seguiam o bombardeio como uma representação de teatro... No Cais Pharoux, os pequenos garotos, vendedores de jornais, engraxates, quitandeiros ficavam atrás das portadas, dos urinários, das árvores, a ver, a esperar a queda das balas; e quando acontecia cair uma, corriam todos em bolo, a apanhá-la como se fosse uma moeda ou guloseima. As balas ficaram na moda. Eram alfinetes de gravata, berloques de relógio, lapiseiras, feitas com as pequenas balas de fuzis.

— E o major Quaresma, o que fazia em meio a tudo isso?

— Não muito. Passava o tempo lendo e estudando — obras sobre artilharia. E pra compreender bem como funcionam os canhões, também estudava mecânica, cálculo, geometria, álgebra, aritmética. Uma noite recebeu uma visita inesperada: o próprio presidente Floriano Peixoto, que estava inspecionando os postos de defesa. Quaresma aproveitou pra lhe falar do documento em que apresentava o plano pra salvar o Brasil. Resposta aborrecida de Floriano: "Você, Quaresma, é um visionário".

— Coitado do Quaresma... Sempre levando foras...

— Pois é. Paralelamente a isso, um outro drama se desenvolvia: o de Ismênia, a filha do general Albernaz, amigo de Quaresma. Rejeitada pelo homem com quem ia se casar, um dentista, a moça enlouqueceu. No final virá a morrer — vestida de noiva.

— Vestida de noiva? — Coruja arregalou os olhos. — Que horror! E pelo jeito, o Lima Barreto tinha uma certa fixação por doença mental: primeiro o Quaresma, depois essa Ismênia...

— Não esqueçam que ele passou por experiência semelhante. Mas também está atento para as circunstâncias sociais. Acha que a causa da doença de Ismênia está "naquela obrigação que incrustam no espírito das meninas, que elas se devem casar a todo o custo, fazendo do casamento o polo e fim da vida, a ponto de parecer uma desonra, uma injúria, ficar solteira". Ismênia foi uma vítima. Sua morte coincide com uma mudança no rumo da revolta. Agora já não é uma festa, é uma guerra mesmo. Como escreve Quaresma à sua irmã, Adelaide:

Querida Adelaide. Só agora posso responder-te a carta que recebi há quase duas semanas. Justamente quando ela me chegou às mãos, acabava de ser ferido, ferimento ligeiro é verdade, mas que me levou à cama e trar-me-á uma convalescença longa. Que combate, minha filha! Que horror! Quando me lembro dele, passo as mãos pelos olhos como para afastar uma visão má. Fiquei com horror à guerra que ninguém pode avaliar... Uma confusão, um infernal zunir de balas, clarões sinistros, imprecações — e tudo isso no seio da treva profunda da noite... Houve momentos que se abandonaram as armas de fogo; batíamo-nos à baioneta, a coronhadas, a machado, a facão. Filha: um combate de trogloditas, uma coisa pré-histórica... Eu duvido, eu duvido, duvido da justiça disso tudo, duvido da sua razão de ser, duvido que seja certo e necessário tirar do fundo de nós todos a ferocidade adormecida, aquela ferocidade que se fez e se depositou em nós nos milenários combates com as feras, quando disputávamos a terra a elas... E não vi homens de hoje; vi homens de Cro-Magnon, *do* Neanderthal *armados com machados de sílex, sem piedade, sem amor, sem sonhos generosos, a matar, sempre a matar... Este teu irmão que estás vendo, também fez das suas, também foi descobrir dentro de si muita brutalidade, muita ferocidade, muita crueldade. Eu matei, minha irmã; eu matei! E não contente de matar, ainda descarreguei um tiro quando o inimigo arquejava a meus pés... Perdoa-me! Eu te peço perdão, porque preciso de perdão e não sei a quem pedir, a que Deus, a que homem, a alguém enfim...*

Esta vida é absurda e ilógica; eu já tenho medo de viver, Adelaide. Tenho medo, porque não sabemos para onde vamos, o que faremos amanhã, de que maneira havemos de nos contradizer de sol para sol...

O melhor é não agir, Adelaide; e desde que o meu dever me livre destes encargos, irei viver na quietude, na quietude a mais absoluta possível... todo este meu sacrifício tem sido inútil. Tudo o que nele pus de pensamento não foi atingido, e o sangue que derramei, e o sofrimento que vou sofrer toda a vida, foram empregados, foram gastos, foram estragados, foram vilipendiados e desmoralizados em prol de uma tolice política qualquer...

Ninguém compreende o que quero, ninguém deseja penetrar e sentir; passo por doido, tolo, maníaco...

— Pobre do Quaresma... E a revolta, como ficou?

— A revolta acabou. Navios de guerra entraram na baía da Guanabara e os oficiais rebelados abandonaram a luta. Mas muitos marinheiros foram aprisionados e mandados para a Ilha das Enxadas. Quaresma foi designado pra ser o carcereiro deles. Conta Lima Barreto: "Os prisioneiros se amontoavam nas antigas salas de aulas e alojamentos... Brancos, pretos, mulatos, caboclos, ... gente arrancada à força aos lares... simples autômatos nas mãos dos chefes e superiores que a tinham abandonado à mercê do vencedor". Um dia aparece na prisão um emissário do governo. Ao acaso, inteiramente ao acaso, escolhe prisioneiros que serão condenados à morte. Revoltado, Policarpo escreve uma carta ao presidente, protestando contra essa injustiça; então ele mesmo é preso. Na cadeia, reflete sobre sua vida:

> *Iria morrer, quem sabe se naquela noite mesmo. E que tinha ele feito de sua vida? Nada. Levara toda ela atrás a miragem de estudar a pátria, por amá-la e querê-la muito, no intuito de contribuir para a sua felicidade e prosperidade. Gastara a sua mocidade nisso, a sua virilidade também; e agora que estava na velhice, como ela o recompensava, como ela o premiava, como ela o condecorava? Matando-o... O tupi encontrou a incredulidade geral, o riso, a mofa, o escárnio; e levou-o à loucura. Uma decepção. E a agricultura? Nada. Outra decepção. E quando o seu patriotismo se fizera combatente, o que achara? Decepções... A pátria que quisera ter era um mito... E, pensando bem, o que vinha a ser pátria? Não teria levado toda sua vida norteado por uma ilusão?... Como é que não viu nitidamente a realidade?*

— Mas foi um triste fim, mesmo, esse do Policarpo Quaresma — disse Caco, impressionado. — Morrer já é triste, morrer desiludido, então, deve ser mil vezes pior.

— Mas no último momento — ponderou o professor — ele teve um rasgo de lucidez. Deu-se conta de que o problema não era com aquilo que chamava de pátria. O problema de Policarpo Quaresma era com ele mesmo, "o seu isolamento, o seu esquecimento de si mesmo; e assim é que ia para a cova, sem deixar traço seu, sem um filho, sem um amor".

— Quer dizer: o importante é amar. Amar a si próprio, amar as pessoas...

— É isso aí.

— Mas ninguém tentou ajudar o Policarpo?

— Sim: o amigo, Ricardo Coração dos Outros. Tentou de tudo pra salvá-lo, falou com o general Albernaz, com o coronel Bustamante, companheiro de armas do major Policarpo; falou até com o doutor Armando Borges, marido de Olga; ninguém quis se envolver. A própria Olga no início vacilou; mas ao ver o vergonhoso papel desempenhado pelo esposo, indignou-se e resolveu procurar o marechal Floriano. Quando o secretário deste soube da finalidade de sua visita, ficou furioso: pra ele, Quaresma era "um traidor, um bandido". Olga saiu do palácio e foi andando pelo bairro de Santa Teresa; e aí, conta Lima Barreto, "lembrou que por estas terras já tinham errado tribos selvagens". Tudo mudara, tudo talvez ainda mudasse. "Esperemos", é o que pensa Olga, e com esta esperança termina o livro.

Por uns instantes Caco ficou em silêncio. Sem dúvida a história de Policarpo Quaresma abalara-o profundamente; o que, para o professor, não deixava de ser uma surpresa. Caco nunca fora muito ligado em literatura; achava uma "perda de tempo", ou, no máximo, uma tarefa meio aborrecida. Agora, contudo, descobria a dimensão humana da ficção. Coruja resolveu voltar à questão:

— E daí? Qual vai ser o próximo ataque do *hacker*?

Caco olhou-o, surpreso:

— O *hacker*! Fiquei tão empolgado com a história que até esqueci dele. Pois é: qual vai ser o próximo ataque? Confesso que a história não me sugere nada. A não ser que ele mande uma mensagem com canhões, ou coisa no gênero... Não sei.

Roberto olhou o relógio: estava na hora da aula.

— Façam o seguinte: leiam o resto do livro, pensem a respeito, e depois a gente continua trocando ideias. Pode ser que encontremos mais alguma pista...

· 7 ·
Providência necessária:
pedido de desculpas

Caco passou o resto do dia pensando na história do Policarpo Quaresma — e na incógnita que ela criava: como seria o próximo ataque do *hacker*? À noite, leu e releu o texto, mas não conseguia chegar a uma conclusão. Resolveu procurar Coruja para discutir o assunto.

Mas antes precisava fazer outra coisa: contar a Beatriz o que tinha descoberto e pedir-lhe desculpas pela confusão que criara. Era tarde — onze da noite —, mas decidiu ir à casa dela assim mesmo, torcendo para que ainda estivesse acordada.

Teve sorte: Beatriz não apenas estava acordada, como, por alguma razão, estava à janela. Emergindo das sombras, Caco a chamou. A primeira reação da garota foi de susto; depois, zangou-se:

— Você? O que quer aqui a essas horas? Investigar a nossa casa?

— Nada disso, Beatriz. Eu quero falar com você.

— Mas eu não quero falar com você. Você é maluco. E chato, ainda por cima.

Ia fechar a janela, Caco não deixou:

— Por favor, Beatriz. Preciso que me escute. Ao menos por uns minutos.

A garota pensou um pouco:

— Está bem. Dez minutos. Depois, fecho a janela e vou dormir.

— Posso entrar?

— De jeito nenhum. Fale daí.

Caco então contou sobre sua visita ao professor e a história que ele havia contado.

— Como você vê — concluiu —, eu estava cometendo uma grande injustiça. Esse P. Q. nada tem a ver com seu pai. É o Policarpo Quaresma. Por alguma razão, que a gente ainda não descobriu, o cara está se baseando no livro do Lima Barreto pra fazer seus ataques aos computadores da prefeitura.

Beatriz, ainda claramente ressentida, não falava.

— Você não vai me perdoar?

— Não.

— Por favor, Beatriz...

Pôs-se de joelhos, ergueu os braços no ar como um suplicante. Ela acabou rindo:

— Você é safado, mas é simpático. Promete que nunca mais vai mentir pra mim?

— Juro. Somos amigos?

— Somos. Não muito amigos, mas vá lá...

— Que bom, Beatriz, que bom. E conto com você pra me ajudar nessa confusão.

Ela ficou em silêncio um momento:

— É curioso que você tenha falado no livro do Lima Barreto — disse, por fim. — Esses tempos vi o meu pai lendo esse mesmo livro. Parecia tão interessado que até lhe perguntei a respeito. E ele também me disse que estava descobrindo umas coisas intrigantes.

— É? — Caco, interessado: estaria o pai de Beatriz investigando também o *hacker*? — E o que foi que ele descobriu?

— Não sei. Mas acho que podemos perguntar a ele. Não hoje, claro, que já está dormindo. Amanhã.

Ficaram um instante em silêncio, a se olhar, ele com ar de menino que fez uma traquinagem e está arrependido:

— Você me perdoou mesmo?

Ela caiu na gargalhada:

— Perdoei, sim. Não sei se você merece, mas vou ajudar você nessa história do *hacker*. Tenho o palpite de que aí tem coisa, que essa passagem do Policarpo Quaresma por Curuzu ainda vai dar o que falar.

Caco lhe estendeu a mão:

— Posso então contar com sua amizade?

Ela mirou-o com fingida severidade:

— Se você se comportar direitinho...

— Prometo.

Beatriz também estendeu-lhe a mão, que ele, num impulso, cobriu de beijos. Com o que ela ficou embaraçada:

— Ora, Caco...

— Desculpe, Beatriz, mas é que eu estou feliz, muito feliz.

Despediu-se e saiu correndo pela rua.

· 8 ·
O terceiro ataque

No dia seguinte, Caco acordou alegre, lembrando-se de Beatriz. Resolveu convidá-la para sair no fim de semana. E aí, se tudo desse certo...

Mas havia o *hacker*. Dele, Caco também não podia esquecer. Tinha o pressentimento, desagradável pressentimento, de que o terceiro ataque não tardaria: como que para estragar a alegria que estava sentindo depois do encontro com Beatriz.

De fato, à tarde o telefone tocou. Era o prefeito, possesso:

— O cara aprontou de novo, Caco.

Era só o que me faltava, pensou Caco. Mas não deixou transparecer a contrariedade:

— Já estou indo aí pra prefeitura.

— Mas não é aqui, Caco. E isso é que é o pior. Não é aqui na prefeitura. É na prisão.

— Na prisão? — Caco não estava entendendo.

— É. Nos computadores da prisão.

— Mas o que aconteceu?

— Você vai ver. Venha logo.

Sem demora, Caco foi até lá. A prisão era, para o prefeito, motivo de orgulho. Não era grande — em Curuzu, ocorriam poucos casos de crime ou de transgressão —, mas tinha algo original, o que a fizera até objeto de uma reportagem num jornal de circulação nacional: tratava-se, segundo se dizia, da primeira prisão computadorizada do país: as portas abriam-se em certas horas, dando acesso ao pátio, ou ao refeitório, ou à oficina.

O prefeito alegava que, com isso, não precisava de guardas: um só homem, bem treinado, dava conta de tudo. Os adversários diziam que o equipamento era uma extravagância, até porque a cadeia geralmente estava vazia. O dinheiro gasto ali poderia ter sido aplicado em coisas mais necessárias, como calçamento e esgotos. O prefeito não ligava para essas críticas. A prisão computadorizada lhe dera prestígio; ele nunca deixava de mostrá-la a visitantes ilustres, gabando-se da extrema segurança do local.

Segurança que agora era posta em dúvida. Às duas horas da tarde daquele dia, o guarda de plantão que, sem nada para fazer, cochilava, acordou com um barulho estranho — e constatou que as portas se abriam sozinhas. Não apenas as das celas, todas as portas, inclusive a que dava para a rua. Tentou fechá-las, não conseguiu — e, apavorado, ligou para o prefeito.

Quando Caco chegou à prisão, Ildefonso já estava lá. Furioso, naturalmente. A primeira coisa que fez foi estender ao rapaz um folheto, no qual estava impressa, em vistosas letras, uma mensagem: "O Comando P. Q. ataca novamente".

— Há vários desses, espalhados por aí. E na certa a notícia já chegou ao jornal e à rádio.

Explodiu:

— Eu mato esse canalha, Caco! Juro que mato esse cretino! Ele vai aprender a não brincar com o prefeito Ildefonso Tavares de Silva Lima!

Caco tratou de acalmá-lo. Prometeu que estudaria uma maneira de tornar mais seguros os computadores da prisão. Mas promessas já não contentavam o prefeito:

— Eu quero que você ache esse sujeito, Caco. Eu quero identificá-lo, quero um acerto de contas. E você vai ter de fazer a sua parte.

Uma pausa, e ele completou, pronunciando bem as palavras:

— Se você não conseguir encontrá-lo, vou ter de dispensar os serviços da empresa de vocês.

Aquela era uma ameaça séria. Não só pelo prejuízo financeiro, como também pela má repercussão que dali resultaria. Inevitavelmente perderiam clientes, sobretudo entre os amigos do prefeito. Caco precisava fazer alguma coisa.

Foi para a loja, sentou-se e ficou pensando. A pergunta que se fazia era: o que tinha a ver esse terceiro ataque do *hacker* com o livro de Lima Barreto?

De repente, fez-se a luz.

A prisão.

Claro! A prisão! No livro, Policarpo Quaresma é designado carcereiro, e é nessa condição que ele se dá conta das injustiças cometidas pelo governo. Mais que isso, é na prisão que ele vai terminar. A prisão completa o desastre iniciado com aquela história do tupi-guarani e das saúvas. Só que dessa vez o *hacker* optara não por uma mensagem mas por uma ação muito mais ousada — e mais sofisticada.

Pegou o telefone, ligou para Roberto, contou-lhe o que pensara. O professor concordou com ele: sim, o raciocínio fazia sentido. Recomendou a Caco que tivesse calma:

— Não faça nada sem falar comigo. E também é bom trocar ideias com seu pai.

· 9 ·
A história se complica

Até então, Caco evitara comentar com os pais a situação: não queria que ficassem preocupados. Mas agora, com a inesperada pista, já podia contar os desdobramentos da complicada história. Foi o que fez na manhã seguinte, na mesa do café. Pai e mãe ouviram-no incrédulos.

— E o que é que você vai fazer? — perguntou a mãe, finalmente.

— Preciso descobrir o cara que sabotou os computadores. Não tenho a menor ideia de quem seja, nem por que fez isso, mas sei que tem alguma coisa a ver com o Policarpo Quaresma, do Lima Barreto. É o único indício que surgiu até agora, portanto vou atrás dele.

— Mas isso não é perigoso? — A mãe, apreensiva.

— Acho que não. E de qualquer modo, não pretendo me meter com o sujeito. Pretendo encontrá-lo e pedir que pare com essa história, só isso.

O pai não dizia nada. Olhar perdido, parecia estar pensando em outra coisa.

— Policarpo Quaresma... — falou, por fim — Policarpo Quaresma... Lembro de ter ouvido alguma coisa a respeito, uma história complicada envolvendo esse personagem... Isso faz uns anos... O que teria sido, mesmo?...

Sacudiu a cabeça.

— Não sei. Confesso que não lembro. Nessas coisas sou meio desligado. Mas tenho certeza de que se falou, sim, nesse personagem, aqui em Curuzu. Era algo relacionado com a prefeitura...

— Bem, se você lembrar, você me diz. — Caco olhou o relógio. — Puxa, estou atrasado para o colégio. Vou indo.

No caminho passou por uma banca de jornal e ali estava *O Município*, com a irônica manchete: *Milagre: as portas da prisão-modelo abrem-se sozinhas.*

No portão da escola, encontrou Coruja:

— Cara, todo o mundo está dizendo que o *hacker* entrou nos computadores da prisão...

— É verdade. E isso tem a ver com o livro.

— Com o livro?

Caco lembrou-lhe a passagem da prisão. Coruja ficou boquiaberto:

— É verdade! O Lima Barreto fala nisso! E agora, Caco, o que é que você vai fazer?

— Ainda não sei. Mas a gente podia conversar depois da aula.

No fim da manhã reuniram-se os três, o professor Roberto, Caco e Coruja.

— Acho que agora está confirmado — disse Caco. — Esse *hacker* está mesmo se guiando pelo livro. A questão agora é: como o acharemos?

— Para responder a esta pergunta — disse o professor —, você deve se fazer uma outra: quem, aqui em Curuzu, teria motivos para usar o livro como roteiro para ataques aos computadores?

— Bem pensado. E como é que a gente consegue responder a essa pergunta?

— Não sei. Mas uma boa ideia talvez seja perguntar às pessoas. Talvez elas lembrem de algo. Esse jornalista, o Jorge, deve saber alguma coisa...

— Verdade. Mas não gosto muito dele. É muito metido. E me tratou mal.

— Bem — ponderou o professor. — A essa altura qualquer ajuda interessa...

Caco prometeu que iria procurar o Jorge. Mas isso, no dia seguinte: naquela noite, tinha um encontro com Beatriz. Telefonou-lhe:

— Posso ir aí? Tenho umas coisas pra te contar...

— Venha.

Ele foi. Beatriz estava na sala, conversando com o pai. Ao ver Caco, o doutor Paulo, comentou, bem-humorado:

— Então você concluiu que eu não sou o *hacker*... Que P. Q. é Policarpo Quaresma, e não Paulo Quadros...

Caco ficou vermelho:

— Puxa vida, doutor Paulo, espero que o senhor me perdoe...

— Bem, devo dizer que no começo fiquei meio chateado com você. Mas se a Beatriz te perdoou, eu assino embaixo. Afinal, às vezes a gente se engana, e você se enganou. O importante, cara, é reconhecer o erro, e isso você fez. Mas vamos lá: a Beatriz disse que você queria falar comigo...

— É. Sobre o livro. Ela disse que o senhor estava lendo o *Triste fim de Policarpo Quaresma*. Desculpe perguntar, mas... o senhor tinha alguma razão especial pra isso?

O doutor Paulo riu:

— E você acha que é preciso alguma razão especial pra ler o Lima Barreto? É um grande escritor, rapaz. Mais: muita coisa que ele escreveu continua atual. O professor Roberto deve ter falado disso a você... Agora: devo lhe dizer que tive sim, um motivo particular pra ler o *Policarpo*. É que ele me foi recomendado pelo Camilo Terra. Você sabe quem é?

— Pra dizer a verdade, não.

— Mas o seu pai seguramente conhece esse homem.

— Ele mora aqui em Curuzu?

— Mora. Ele e o filho, que deve ser um pouco mais velho que vocês. A esposa do Camilo separou-se dele há muitos anos. Além disso o coitado teve uns aborrecimentos... O resultado é que ficou muito triste e nunca mais deu as caras na cidade.

— E onde mora?

— Num lugar meio afastado. O Sítio do Sossego.

— Sítio do Sossego...

Caco ficou pensando uns instantes.

— Espere: não foi esse o nome que o Policarpo Quaresma deu à sua propriedade?

— Exatamente. Você vê: como o Policarpo Quaresma, o Camilo Terra estava desiludido: com o Brasil, com a política.

— Desiludido por quê? Não vai me dizer que o Camilo Terra também fez uma campanha pelo tupi-guarani.

— Não. A campanha dele foi outra. Foi uma campanha política. Ele se candidatou a prefeito. Enfrentando um cara que era, e continua sendo, muito poderoso.

— Quem?

— O prefeito Ildefonso. — O doutor Paulo fez uma careta de desgosto. — Esse mesmo senhor que está aí, mandando e desmandando na prefeitura. Muita gente não se conformava com isso, mas ninguém ousava desafiar um sujeito que era poderoso.

— E o Camilo Terra resolveu comprar a parada...

— Sim. Como eu disse, isto faz tempo, uns doze anos. Você sabe que o Ildefonso já está na terceira gestão... O Camilo me disse que ele sempre foi um mandachuva por aqui. Já nessa eleição ele mobilizou um número enorme de cabos eleitorais, fez uma campanha milionária. Não deu outra: Camilo Terra, que era quase desconhecido, e um homem muito tímido, foi derrotado. Mesmo porque o Ildefonso não hesita em recorrer a métodos não muito éticos pra conseguir as coisas. Eu mesmo tive um incidente desagradável com ele, quando quis instalar aqui uma empresa. Exigiu que eu contribuísse para aquilo que chama de sua "caixinha" e que serve, entre outras coisas, pra financiar suas campanhas eleitorais. Na eleição em que o Camilo concorreu contra ele aconteceram coisas muito feias.

— Que coisas?

O doutor Paulo ficou em silêncio um instante.

— É uma história muito desagradável — disse, por fim. — Sou amigo do Camilo, mas não sei se ele gostaria que eu falasse a respeito, principalmente agora, que o assunto está meio esquecido.

— Compreendo — suspirou Caco. — Mas, de qualquer jeito, terei de ir atrás do seu amigo. Espero que o senhor não se oponha...

— Não me oponho. Só peço a você que faça isso com cuidado: lembre-se, o Camilo é um cara marcado pelo desgosto.

Caco prometeu que agiria com muito tato. Agradeceu ao doutor Paulo, despediu-se dele e de Beatriz e saiu.

• 10 •

Revelações no Sítio do Sossego

Não tinha andado cem metros quando ouviu alguém chamando por ele. Voltou-se: era Beatriz, que vinha correndo.
— Quero ir com você — disse ela, ainda ofegante.
— Onde? — Caco ficou surpreso.
— Você sabe: ao sítio do Camilo.
— Mas seu pai disse que—
— Meu pai é uma pessoa, eu sou outra. Além disso, tenho certeza de que meu pai gostaria de esclarecer o que está acontecendo — só que tem medo de complicar o amigo dele, o Camilo. Papai conhece o Ildefonso, sabe que é um cara vingativo... Mas esse sujeito não me intimida. Pelo contrário: acho que está na hora de ele pagar pelas sujeiras que fez. E esse Camilo Terra pode ajudar — contando o que sabe.
Agarrou-o pelo braço:
— Deixa eu ir junto, Caco? Deixa?
Ele relutava:
— Escute, Beatriz, essa coisa pode resultar numa encrenca grossa...
— Não tenho medo de encrenca.
Caco não pôde deixar de sorrir.
— Está bem. Amanhã.
— Amanhã? Por que não vamos hoje?

— Mas já são oito da noite...

— E daí?

— Não me parece uma boa hora pra visitas...

— É melhor do que chegar lá e encontrar o homem trabalhando no campo, como o Policarpo Quaresma. Aí é que não vai querer conversa mesmo.

— Está bem — concedeu Caco. — Mas vamos primeiro chamar o Coruja. Ele está me ajudando nessa história.

— E onde é que você vai achá-lo?

— No bar do Tinhoso, claro. Vamos até lá.

Foram, e de fato lá estava o Coruja sentado à mesa, numa animada roda. Quando Caco lhe disse onde iam, vacilou: visitar um desconhecido recluso, estranho, e ainda mais à noite, lhe parecia uma coisa temerária.

— Deixe de ser medroso — provocou Beatriz. — Vamos lá, cara.

Tomaram um ônibus em frente ao bar que os deixou na estrada. Dali até o sítio eram mais dois quilômetros, por uma esburacada estradinha de terra. Puseram-se a caminho. Chegar ao sítio não foi fácil; a noite estava escura, tiveram de se guiar pelas fracas luzes da casa — uma casa pequena, já bem deteriorada. Pela janela da sala avistaram um homem, magro, encurvado, de cabeleira grisalha. Estava sentado numa poltrona, lendo.

Bateram à porta.

— Quem é? — perguntou lá de dentro uma voz rouca.

— Sou eu — disse Beatriz —, a filha de seu amigo Paulo.

Fez-se silêncio. A chave girou ruidosamente na fechadura, e a porta se abriu. Diante deles um homem já idoso, um pouco calvo, de bastas sobrancelhas e ar soturno. Exatamente como eu teria imaginado Policarpo Quaresma, pensou Caco. Camilo Terra olhou os três visitantes atentamente, com ar desconfiado, ainda que não hostil:

— Vejo que você não veio sozinha, Beatriz...

— São meus amigos — explicou a moça —, o Caco e o Coruja.

Camilo apertou a mão que os rapazes lhe estendiam. Vacilou, ainda — evidentemente não estava habituado a receber visitas —, e por fim convidou os três a entrar.

Era uma sala austera, escassamente mobiliada: a mesa, armários com livros, duas cadeiras e a poltrona. Camilo pediu que sentassem.

— Posso oferecer-lhes alguma coisa? Infelizmente, só tenho chá. Até suco de laranja está me faltando, vejam só. No ano passado, as laranjeiras deram muita fruta, mas este ano, com as saúvas...

Saúvas: pelo jeito, Camilo e Policarpo Quaresma tinham um inimigo comum. Ou talvez mais do que um. Caco resolveu arriscar:

— Saúva dá muito por aqui, não é verdade?

Camilo olhou-o, surpreso:

— É verdade. Como é que você sabe?

— Li no livro. *Triste fim de Policarpo Quaresma*. Aliás, vejo que o senhor tem um exemplar...

Apontou o velho exemplar em cima da mesa. Camilo encarou Caco, atento.

— De fato — disse. — Leio muito o Lima Barreto.

E mudando rapidamente de assunto:

— Posso fazer um café, se vocês quiserem...

— Não se incomode. Estamos bem.

De novo se fez silêncio, um silêncio pesado, opressor. Coruja estava particularmente incomodado. Mexia-se na cadeira, nervoso, como que se perguntando o que estava fazendo ali. Beatriz percebeu o mal-estar e resolveu tomar a iniciativa:

— O senhor deve estar se perguntando o motivo de nossa visita meio inesperada. Até quero lhe pedir desculpas: a gente devia, pelo menos, ter telefonado, mas, com a afobação isso não nos ocorreu.

— Afobação? — estranhou Camilo. — Afobação, por quê?

— É o seguinte: o Caco aqui trabalha para a prefeitura...

Ao ouvir a palavra "prefeitura" Camilo fechou a cara: evidentemente o assunto não lhe agradava. Beatriz não percebeu, ou fingiu que não percebeu, e foi adiante:

— Ele está encarregado da manutenção dos computadores. Nos últimos tempos surgiram uns problemas...

Camilo ouvia em silêncio.

— Parece que alguém entrou nos computadores da prefeitura. Um... como é que se chama mesmo Caco?

— Um *hacker* — disse Caco.

— Isso mesmo. Um *hacker*. E bagunçou os computadores... Foi uma dor de cabeça incrível, o senhor nem imagina...

O sorriso de satisfação que Camilo mal conseguiu disfarçar foi, para Caco, revelador: é ele, pensou, é esse o homem.

Mas Camilo, claro, não confessaria que era o *hacker*. Não, pelo menos, no início da conversa:

— Uma história interessante. Mas o que tenho eu a ver com isso?

É agora, pensou Caco.

— Nós achamos que o senhor é o *hacker* — afirmou o rapaz, e calou-se, espantado — espantado, não, aterrorizado — por sua própria ousadia. Como se atrevera a acusar um homem que conhecera há poucos minutos, e na própria casa dele? Camilo poderia, com toda a razão, colocá-lo para fora a pontapés.

Mas não foi isso que ele fez. Sorriu, apenas, um sorriso enigmático:

— E o que faz você pensar que eu possa ser esse *hacker*?

— O livro.

— Qual livro?

— Esse, que está aí. O livro que o senhor recomendou para o Paulo Quadros. *Triste fim de Policarpo Quaresma*.

— Sim? E o que tem Lima Barreto a ver com o *hacker*?

Caco resumiu a conversa que tivera com o professor Roberto. Camilo o ouvia, impassível.

— É um raciocínio de detetive — disse, quando o rapaz terminou. — E eu até concordo com ele. Acho que sim, que essas invasões do *hacker* foram inspiradas pelo livro. Mas você ainda não disse onde é que eu entro nessa história. Tenho o livro em minha casa? Tenho, sim. Não só eu, muita gente. Afinal, é um clássico de nossa literatura e é uma obra que a gente lê com muito prazer. Como prova contra mim não é grande coisa. Mesmo porque, como você poderá constatar, eu não tenho computador. Aliás, nem sei como se mexe nessas coisas. Minha geração ainda é da máquina de escrever.

Pequena hesitação, e continuou:

— Mas tive, sim, uma briga com o prefeito, com o Ildefonso. Todos sabem disso em Curuzu. Vocês não ouviram falar disso?

— Mais ou menos...

— Tudo começou quando eu cheguei aqui, há uns quinze anos. Porque eu não sou de Curuzu. Sou do Rio de Janeiro. Eu era recém-casado, tinha um filho de seis anos, e estava desempregado. Aí um tio morreu e deixou-me de herança uma loja no centro de Curuzu. Vim aqui pra conhecer o lugar. Gostei, decidi ficar. No começo tudo ia muito bem, mas logo começaram os choques com o prefeito. Ele tinha uma "caixinha", para a qual todos os comerciantes eram obrigados a contribuir. Caso contrário, eram perseguidos, multados...

Caco estava impressionado. E chateado: sabia que o prefeito não era exatamente um santo, mas não o imaginava tão corrupto.

— Aquilo — continuou Camilo — me deixou indignado. Decidi fazer alguma coisa. Convidei outros comerciantes pra uma reunião. Nem apareceram, tamanho era o medo deles. Outro no meu lugar teria desistido. Mas, como disse, não sei resistir a um desafio. Depois de muito pensar, concluí que a melhor maneira de se opor ao prefeito seria por meio do voto.

Muita gente que não ousava se manifestar contra o Ildefonso em público poderia fazê-lo nas urnas. E assim, com o apoio de alguns amigos mais corajosos, apresentei minha candidatura.

— E ele?

— No começo achou graça, disse que ainda não nascera alguém capaz de derrotá-lo em Curuzu. Mas a verdade é que estava assustado. As ordens que deu a seus assessores eram bem claras: eu tinha de ser desmoralizado de qualquer maneira. E foi aí que surgiu a história do Policarpo Quaresma...

— Na eleição? — Coruja não estava entendendo. — O que tinha Policarpo Quaresma a ver com a eleição?

— Já explico. Nessa época apresentaram uma peça de teatro — patrocinada pela prefeitura — que fez grande sucesso aqui em Curuzu. Chamava-se exatamente *Triste fim de Policarpo Quaresma.* Uma peça muito ruim, que mostrava o Policarpo como uma figura ridícula — um maluco que não sabia o que queria. Os assessores do prefeito aproveitaram esse fato pra me rotular de "candidato Policarpo". O apelido infelizmente pegou, porque esse tal de Jorge logo explorou a história em seu jornal. E aí descobriram outra coisa.

— Que coisa?

Camilo hesitou:

— Descobriram que em minha juventude eu tinha sido internado por doença mental. Coisa passageira, uma crise depressiva, mas eles conseguiram a ficha do hospital e passaram a divulgá-la. Distribuíam folhetos que falavam "nos dois malucos de Curuzu, Policarpo e Camilo". E a verdade é que tiveram êxito. Ninguém mais queria me ajudar. Passei a receber cartas e telefonemas anônimos: "Desista, Policarpo". Até minha esposa pediu que eu abandonasse a campanha. Quando recusei, ela se separou de mim e voltou para o Rio — um escândalo que, como vocês podem imaginar, só fez piorar a situação. Acabei derrotado na eleição.

— E aí?

— Aí decidi largar tudo. Mais ou menos como o Policarpo...

Ficou um instante pensativo, depois continuou:

— Com o tempo, vim a me identificar muito com o Policarpo Quaresma. Pra mim, ele é um verdadeiro herói. Um homem que lutava pra melhorar o país. Verdade que era uma luta meio estranha, porque o Policarpo era estranho — como o Lima Barreto, aliás —, mas acreditava em seus ideais. Como eu: sempre briguei por minhas ideias, sempre. Desde o tempo de colégio... Meu pai dizia que eu tinha vocação pra Dom Quixote, e era verdade: não foram poucas as vezes que eu quebrei a cara. Mas sempre fui em frente, porque, pra mim, o importante é acreditar. E aí vim pra Curuzu e me envolvi em política, combatendo o Ildefonso. Meus amigos diziam que era bobagem, que ele ia acabar me dando uma rasteira. E foi o que aconteceu. Ele me ridicularizou, perdi as eleições.

— E veio para o Sítio do Sossego...

— É. Como o Policarpo. Queria me isolar, trabalhar na terra. Mas não conseguia esquecer o que tinha acontecido, o vexame pelo qual passei. Um dia eu teria de dar o troco ao Ildefonso...

Uma pausa, e Camilo continuou:

— Mas fiquei só nisso, na intenção. Acho o Ildefonso um safado, mas não quero descer ao nível dele.

Caco não parecia muito convencido. E disse, um tanto afoitamente:

— O senhor vai me perdoar por insistir, mas preciso muito descobrir quem é esse *hacker*. O senhor vê, meu pai e eu fazemos a manutenção dos computadores da prefeitura e o prefeito já ameaçou cortar nossos serviços. De modo que eu tenho de lhe perguntar: por acaso o senhor—

— Meu pai já disse que não tem nada a ver com isso.

Todos se voltaram. Na porta da sala estava parado um rapaz. Mais velho do que Caco e Coruja, era um pouco mais baixo, magro, encurvado. Usava óculos de lentes grossas. Camilo fez a apresentação:

— Este é meu filho, Afonso Henriques. O nome...

— É uma homenagem ao Lima Barreto — completou o rapaz. — Afonso Henriques de Lima Barreto era o nome completo do escritor. Volta e meia tenho de explicar isso.

Caco estava surpreso: nunca tinha visto aquele Afonso Henriques na cidade. O rapaz adivinhou seu pensamento:

— Vocês não me conhecem. Mas não é de admirar. Estou aqui há uns três anos, desde que minha mãe morreu, mas nunca vou à cidade. Estudo perto daqui, na Faculdade de Informática de Santa Cruz. Aqui não tenho amigos, não vou a bares, nada dessas coisas. Não gosto de Curuzu, e meu pai acabou de explicar por quê.

— Espere — disse Camilo, embaraçado —, esse pessoal veio aqui nos visitar. Você podia tratá-los um pouco melhor...

— Não, pai. — A voz de Afonso Henriques estava alterada. — Eles não vieram aqui pra nos visitar. Vieram pra xeretar. O senhor não viu pelas perguntas que fizeram?

E para Caco:

— Você não acha que está meio tarde? Meu pai e eu acordamos cedo, não temos muito tempo pra bater papo. De modo que...

— Afonso, por favor... — disse Camilo, francamente consternado.

— A verdade — disse Coruja — é que o Afonso tem razão. Não é mesmo hora pra visitas. A gente já vai indo, não é, Beatriz?

— É — concordou a moça.

— Cuidado na estrada — advertiu Camilo. — Eu levaria vocês, mas infelizmente não tenho carro...

— Não se preocupe — disse Caco. — A gente acha o caminho.

Despediram-se e saíram.

— Que caras esquisitos — falou Coruja assim que se distanciaram um pouco do sítio. — O rapaz, principalmente, o... Como é mesmo o nome dele?

— Afonso Henriques — disse Beatriz. — Mas ele me deu pena. Um cara sozinho, sem amigos na cidade... A gente deveria dar uma força pra ele.

— Caco, você acha — perguntou o Coruja — que esse Camilo é o *hacker*?

Antes que Caco pudesse responder, ouviram alguém chamando por eles:

— Esperem! Esperem um pouco!

Era o Afonso Henriques, que vinha correndo. Deteve-se, ofegante:

— Eu queria pedir desculpas, gente. Meu pai disse que fui muito grosseiro com vocês, e ele tem razão. Eu sou assim, às vezes, meio bicho do mato. Peço que me perdoem. Vocês não merecem isso.

— Tudo bem — disse Caco. — A verdade é que você não deixa de ter razão: a gente aparece em sua casa tarde da noite fazendo perguntas...

— Sobre isso eu queria falar também — prosseguiu o rapaz, dirigindo-se ao Caco. — Eu sei que você está atrás do *hacker*, sei que isso é importante pra você. Mas te peço que deixe meu pai em paz. Eu sei que você tem motivos pra suspeitar dele, mas o que ele disse é verdade: não mexe com o computador. O *hacker* não é ele. O *hacker*...

Respirou fundo e concluiu:

— O *hacker* sou eu.

— Você? — Beatriz espantou-se. — Você é o *hacker*? Mas por que você fez isso?

— Por meu pai. Pra vingá-lo. Como ele disse, o prefeito arruinou a vida dele. Meu pai nunca se recuperou dessa sacanagem. Às vezes, sonhando, fala disso... E eu cresci com essa ideia: um dia vou dar a esse cretino aquilo que merece.

Apesar da raiva que sentia, fui acompanhando a trajetória do Ildefonso. Uma coisa que me deixou muito irritado foi a inauguração da tal prisão computadorizada. Estava na cara que aquilo não passava de promoção pessoal, de safadeza política. Mas a verdade é que essa história me deu uma ideia. Se o cara é fanático por computadores, pensei, é por aí que vou pegá-lo. Mas queria fazê-lo de um jeito diferente, de um jeito que chamasse a atenção e ao mesmo tempo fosse um mistério.

Fez uma pequena pausa e prosseguiu:

— Lembrei-me do livro: ali estava o roteiro. Três partes, três aventuras, ou desventuras, de Policarpo, três ataques... de quem? O nome veio quase automaticamente: Comando P. Q., a minha homenagem ao Policarpo Quaresma. Entrar no sistema da prefeitura foi facílimo: fiz isso lá nos computadores da faculdade — sem contar nada a ninguém, claro, nem mesmo a meu pai. Os dois primeiros ataques foram fáceis.

— Fáceis? — Caco franziu a testa. — E aquele negócio escrito em tupi-guarani?

— Aquilo tirei de um livro antigo que encontrei na faculdade — são trechos de vários autores brasileiros traduzidos pra idiomas indígenas. Difícil mesmo foi o terceiro ataque, porque eu não queria me limitar a uma mensagem; afinal, se o pobre Policarpo pagou com a vida a sua oposição a prisões injustas, a prisão de Curuzu, que aliás estava vazia, seria um bom lugar pra eu fazer o meu protesto. Descobri o código e abri as portas.

Uma pausa, e ele continuou:

— Eu sei que vocês vão dizer que eu fiz mal, mas—

— Você fez muito mal — interrompeu Caco, severo. — Envolveu nessa história gente que nada tinha a ver com a briga do seu pai com o prefeito.

— Verdade. Errei e sei disso. Perdoe-me se o prejudiquei — não era minha intenção. Agora: você não precisa se preocupar mais. O Comando P. Q. deixou de existir. O que eu queria fazer, já fiz. Minha carreira de *hacker* está encerrada. Você não terá mais problemas comigo, Caco.

Já ia embora, mas Beatriz o deteve:

— Escute, Afonso... Sei que você tem essa bronca com o prefeito e com os partidários dele... A minha família também passou por um problema parecido, mas meu pai continua em Curuzu, trabalhando. Como ele diz: a cidade não é propriedade dessa gente, a cidade é dos cidadãos. Nós moramos lá, fazemos nossa vida lá. E quero que você saiba: queremos ser seus amigos. Conte conosco.

— Obrigado — disse Afonso Henriques, comovido. — Vocês são boa gente.

Riu:

— Policarpo Quaresma gostaria de vocês. Como eu já estou gostando.

— Eu vou fazer o seguinte — disse Caco. — Vou procurar o prefeito. Direi que encontrei o *hacker*, direi quem você é, mas direi também que você não atacará mais os computadores da prefeitura, e que tudo pode ser esquecido. Você está de acordo?

— Bem... — Afonso Henriques hesitava.

— Confie em nós — pediu Beatriz. — Nós queremos ser seus amigos, Afonso.

— Está bem — disse o rapaz, por fim. — Vou confiar em vocês.

— Ótimo — disse Beatriz. — Escute: sábado que vem é o meu aniversário e vou dar uma festa lá em casa. Você não quer vir?

— Não sou muito de festas...

— Mas eu estou pedindo — insistiu Beatriz. — Venha. Por favor...

Afonso sorriu:

— Está bem. Vou pegar o endereço com meu pai.

• 11 •
Promessa de mau político

No dia seguinte, Caco foi à prefeitura.

— O prefeito queria mesmo falar com você — disse o assessor, e introduziu o rapaz imediatamente no gabinete. Lá estava o prefeito, sentado atrás de sua enorme mesa.

— E então, Caco? O que você tem pra me dizer? Espero que o problema esteja resolvido...

— Está. Os ataques não vão se repetir.

— Não me diga que você descobriu o *hacker*...

— Descobri. Na verdade, até falei com ele.

— É mesmo? — O prefeito, espantado. — E quem é, afinal, esse cara?

Caco vacilou. Poderia realmente confiar no prefeito, aquele homem vingativo, acostumado, como ele mesmo dizia, a liquidar os adversários? Ildefonso percebeu o dilema do rapaz:

— Vamos lá, Caco, diga. Prometo que não tomarei providência alguma — afinal, você mesmo disse que a coisa não vai se repetir. E a sua missão, afinal de contas, era descobrir quem era o *hacker*. Diga: quem é?

— É um rapaz chamado Afonso Henriques.

— Quem?

— O filho de Camilo Terra.

O prefeito agora se lembrava:

— É verdade... O Camilo Terra, aquele maluco... Ele tem um filho... Afonso Henriques, você disse?

— Isso. O nome é uma homenagem a Lima Barreto, o autor do livro *Triste fim de Policarpo Quaresma*. A propósito, o Camilo contou uma história envolvendo vocês dois, a campanha política, e o Policarpo...

O sorriso desapareceu do rosto do prefeito:

— Ah, então ele falou nessa história... Sim, estávamos em campanha eleitoral, e eu comparei o Camilo com o Policarpo Quaresma. E daí? O Camilo é maluco. Como esse tal de Policarpo. E digo mais: o escritor do livro... Como era mesmo o nome dele?

— Lima Barreto.

— Pois é: esse tal de Lima Barreto não passava de um subversivo. E prejudicou muito o nosso município. O pessoal aqui me leu a descrição que ele fez dos políticos de nossa terra. Fiquei chateado. Certo, era um romance, coisa inventada, mas mesmo assim... Coincidiu que nessa época um cara resolveu apresentar uma peça de teatro malhando o Policarpo. Eu não sou muito de teatro, nem de cultura, mas achei que aquilo era uma boa. De modo que dei, sim, dinheiro da prefeitura pra montarem o espetáculo. Depois, não nego que aproveitei a deixa pra comparar o Camilo com o Policarpo. Afinal, ele estava me atacando...

Uma pausa:

— E pelo que você diz, o Camilo ainda não esqueceu a história. Nem ele, nem o filho. Isso vai me obrigar a mudar de ideia. Tenho de revelar o nome do *hacker*.

Caco estava indignado:

— Espere um pouco: você acabou de dizer...

— O que eu disse antes não digo mais. Trata-se do filho de um inimigo. Quem me garante que esse Camilo Terra não quer voltar à política, ajudado pelo garoto? As eleições estão aí, e ele bem pode querer aproveitar a oportunidade.

— Mas...

O prefeito pegou o telefone:

— Dona Rita, a senhora, que é abelhuda, vai gostar dessa: acabei de descobrir quem é o *hacker*. Telefone pra seu amigo Jorge, diga pra ele vir imediatamente.

Caco estava abismado — e furioso.

— Escute, prefeito...

A resposta foi fria e seca:

— Minha decisão já está tomada. Vou divulgar que a prefeitura já tem o nome do *hacker*. E você faça o que quiser.

Caco saiu do prédio perturbado — e mais perturbado ficou ao ver Jorge Silva, que chegava, esbaforido:

— Grande trabalho, Caco! Você é mesmo um gênio! E essa é uma grande notícia. Já mandei até dobrar a tiragem do jornal! Tudo graças a você!

Caco estava triste, confuso. Mas uma coisa precisava fazer: avisar Afonso Henriques. Telefonou para Coruja e Beatriz, convocou-os para ir juntos.

— Meu pai está se oferecendo pra nos levar lá de carro — disse Beatriz. — Passo aí na loja pra pegar você.

Foram até o sítio, encontraram Camilo e Afonso Henriques trabalhando na horta. Com a voz embargada de emoção, Caco deu-lhes a notícia.

— Era o que eu esperava daquele homem — disse Camilo.

Quanto a Afonso Henriques, permanecia calado, imóvel. O que deixou Caco ainda mais preocupado:

— Escute, Afonso Henriques: haja o que houver, estaremos do seu lado. Pra qualquer coisa.

• 12 •

O julgamento de Policarpo Quaresma

No dia seguinte, toda a população de Curuzu sabia da novidade: *Descoberto o Comando P. Q.*, dizia, em letras garrafais, a manchete de *O Município*. Inevitavelmente o caso foi parar — ainda naquele dia — na Justiça: o assessor jurídico da prefeitura ofereceu uma denúncia contra Afonso Henriques Terra.

O julgamento mobilizou a pequena cidade. Os partidários do prefeito exigiam que Afonso Henriques tivesse uma punição severa, que fosse para a cadeia. E acrescentavam: cadeia sem computador, para que ele não tentasse escapar "enganando" a porta eletrônica.

Ao mesmo tempo, os amigos de Afonso Henriques se organizavam para defendê-lo. Formou-se um comitê, à frente do qual estavam Paulo Quadros, o professor Roberto e os pais de Caco; junto à ala jovem: Caco, Coruja, Beatriz, além de muitos outros curuzenses indignados com a prepotência do prefeito.

A primeira providência do comitê foi arranjar um advogado. O veterano doutor Vicente, homem conhecido por sua integridade — e por sua aversão a Ildefonso — ofereceu-se para defender Afonso Henriques de graça. Os jovens, por sua vez, preparavam folhetos e cartazes, além de organizar reuniões.

Quem não gostou nada da história foi, claro, o prefeito. Telefonou para Caco furioso:

— Não sei como você, um rapaz inteligente, pode defender esse safado.

— Há safadezas piores — respondeu Caco, e desligou.

Naquele mesmo dia, a cidade ficou sabendo que Afonso Henriques teria um julgamento público. *O mais importante julgamento na história da cidade*, anunciou *O Município*. Era o assunto de todas as rodas, de todas as casas. E as pessoas estavam divididas. Muitos admitiam que o rapaz havia errado, mas que a prisão seria um castigo excessivo.

— Mas pelo menos assim a nossa cadeia serve para alguma coisa — dizia o Tinhoso, o dono do bar, um grande gozador.

À medida que se aproximava o dia do julgamento, crescia a expectativa. Todo mundo queria assistir. Por causa disso, o juiz optou por instalar a sessão no velho cinema de Curuzu, muito maior que o acanhado tribunal da cidade.

Mesmo assim, o lugar ficou lotado, com gente de pé nos corredores laterais. O prefeito, naturalmente, estava lá, acompanhado de todos os seus assessores e das lideranças dos partidos que o apoiavam.

Falou primeiro a acusação. O doutor Furtado, promotor, limitou-se a repetir os argumentos que todos já conheciam: Afonso Henriques não passava de um transgressor que, para vingar o pai, causara prejuízos à cidade.

— Certo, não havia ninguém na cadeia quando ele fez as portas se abrirem — disse. — Mas, e se houvesse? E se estivesse ali algum assassino perigoso? É por isso que eu peço, senhor juiz, um castigo exemplar para o réu: no mínimo, cinco anos de prisão!

Esta última frase provocou protestos.

— Isso é uma injustiça — gritava Caco. — Afonso Henriques não merece isso.

O juiz exigiu que se fizesse silêncio. E a seguir passou a palavra ao advogado de defesa.

O doutor Vicente se levantou. Era uma figura impressionante, a dele: muito magro, feições severas, a cabeleira branca contrastando com a toga escura.

Por um momento fez-se silêncio. Um silêncio completo. Tudo o que se ouvia eram os zumbidos dos insetos, naquela quente tarde de verão.

— Senhores — começou o doutor Vicente. — Não negarei que o réu cometeu uma falta. Ele realmente interferiu nos computadores da prefeitura. Mas pretendo demonstrar que ele o fez sob o efeito de uma grande emoção. Ele o fez por causa do pai, das ofensas que seu pai recebeu e que ainda hoje estão presentes na memória da cidade. Camilo Terra foi uma vítima. Como o personagem deste livro.

Ergueu no ar um volume. Era o *Triste fim de Policarpo Quaresma*.

— O nosso prefeito tentou ridicularizar Camilo Terra, comparando-o a Policarpo Quaresma, um personagem que, de algum modo, está ligado à história de nossa cidade. Numa peça de teatro — montada com recursos da prefeitura, vejam bem! — Policarpo Quaresma foi retratado como um homem perturbado, um maluco. Por quê? Porque ele acreditava no Brasil. Acreditava em nossa terra e em nossa gente, em nosso passado e em nosso futuro. E foi vítima de uma intriga política, como Camilo Terra, que teve sua reputação publicamente comprometida.

O velho advogado fez uma pausa e prosseguiu, ainda mais incisivo:

— O jovem Afonso Henriques cresceu com essa lembrança. Tentou vingar as ofensas que seu pai recebeu. Justificável? Não. Mas explicável. A condenação será para ele uma tragédia. Senhores: este livro conta o triste fim de um homem bom. Não permitamos que este processo tenha também um triste fim!

O pronunciamento foi saudado com aplausos. Caco, Coruja e Beatriz se abraçavam, felizes: tinham certeza de que Afonso Henriques escaparia.

· 13 ·
O triunfo de Policarpo Quaresma

Afonso Henriques foi condenado, mas recebeu uma pena leve: durante um ano deveria prestar serviços comunitários, o que fez dando aulas de computação para crianças numa escola pública de Curuzu.

O prefeito ficou uma fera com o resultado do processo. Mas isso não foi nada comparado ao que aconteceu na campanha eleitoral daquele ano: dona Rita entregou a Jorge Silva papéis que mostravam o envolvimento de Ildefonso em várias negociatas.

A repercussão foi enorme. O prefeito foi indiciado em vários inquéritos e condenado. Como não poderia tentar a reeleição, lançou como candidato um de seus assessores, certo de que sua máquina eleitoral funcionaria e de que continuaria mandando na cidade, ainda que indiretamente.

Esta candidatura provocou, entre os curuzenses, uma onda de indignação. Formou-se imediatamente o grupo "Ética em Curuzu", que decidiu lançar um candidato próprio. O nome escolhido foi o de Paulo Quadros. De início, ele recusou. Mas muita gente insistiu para que concorresse, mesmo porque ele conhecera, por experiência própria, os métodos de Ildefonso, e poderia dar um testemunho pessoal a respeito. Camilo foi um dos que mais insistiu:

— Você deve isso a mim, como amigo. Mais importante:

você tem essa obrigação com a cidade que o acolheu — argumentou.

Finalmente, Paulo Quadros aceitou concorrer. A campanha mobilizou a cidade. Caco, Coruja, Afonso Henriques e Beatriz participavam no chamado "comitê jovem". Deste fazia parte também Heloísa, a irmã mais velha de Beatriz, que conseguiu vencer a timidez e revelou-se extremamente ativa e desembaraçada.

Logo ficou claro que uma relação especial se estabelecera entre ela e Afonso Henriques. Caco e Beatriz, que já estavam namorando, deram a maior força. Afonso Henriques, que nunca tivera uma namorada, agora era outra pessoa: amável, entusiasmado. Era ele quem dava as melhores ideias para a campanha. Bolou um cartaz em que Ildefonso era retratado como uma enorme saúva, carregando sacos de dinheiro da prefeitura para sua mansão. O apelido imediatamente pegou: Ildefonso virou o "saúva de Curuzu".

Veio a eleição e o resultado foi o esperado: Paulo Quadros recebeu uma verdadeira avalanche de votos. A celebração entrou pela noite adentro. No dia seguinte, o "comitê jovem" fez o almoço da vitória. Paulo Quadros estava lá. Não queria falar, mas Beatriz insistiu e ele acabou concordando:

— Devo esta vitória a muita gente: vocês, Camilo Terra, os curuzenses em geral. Mas acho que devemos homenagear também um nome muito importante não só pra Curuzu, como para o Brasil: Lima Barreto. Quero dizer que esse grande escritor foi pra mim fonte constante de inspiração. Policarpo Quaresma mostrou-me que uma coisa devemos manter sempre: a capacidade de nos indignarmos contra a injustiça, contra a desigualdade, contra a corrupção. Temos de acreditar em nosso país, porque isso significa, antes de mais nada, acreditarmos em nós mesmos.

Paulo Quadros mostrou-se à altura das expectativas dos curuzenses — em pouco tempo as finanças do município estavam em ordem. Mais que isso: qualquer cidadão podia acessar pelo computador os dados mais importantes sobre a administração municipal — e manifestar seu desacordo, se fosse o caso.

O sistema de informatização da administração municipal instalado por Caco e Afonso Henriques, que agora trabalhava na empresa do pai de Caco, projetou a cidade no Brasil inteiro; vinha gente de longe para conhecer o trabalho.

Com as finanças saneadas, Paulo Quadros tomou providências para cumprir uma importante promessa de campanha: a construção de um centro cultural em Curuzu. O Centro Cultural Lima Barreto está situado na rua principal da cidade, num antigo casarão adaptado especialmente para esse fim.

Na frente, há uma escultura de Oróbio Gonçalves, um artista popular da cidade. Mostra Policarpo Quaresma segurando um texto escrito em tupi-guarani. Policarpo, ao contrário do que se poderia imaginar pela leitura do livro, está sorrindo. Como diz Caco, agora ele tem motivos para isso.

Outros olhares sobre
Triste fim de Policarpo Quaresma

Depois de ter descoberto, junto com Caco e seus amigos, o mistério dos ataques do Comando P. Q., veja como Lima Barreto foi inspiração para muitas outras manifestações artísticas.

Policarpo Quaresma nas telas do cinema

Publicado em folhetins do *Jornal do Commercio* do Rio de Janeiro, entre agosto e outubro de 1911, *Triste fim de Policarpo Quaresma* só saiu em livro cinco anos depois, numa edição do autor.

No romance, Lima Barreto retrata, com humor satírico e caricaturesco, fatos políticos, culturais e sociais da época do governo do presidente Floriano Peixoto (1891-1894) e, através da linguagem e da caracterização de seus personagens, representa, como ninguém, os subúrbios cariocas. Mas Lima Barreto transcende seu tempo. Seu grande talento literário e sua visão extremamente lúcida sobre o Brasil serão sempre fonte de inspiração para muitos outros artistas, em todos os tempos e em todas as áreas.

Em 1998, *Triste fim de Policarpo Quaresma* chegou às telas do cinema, numa comédia que critica, zombando, a política nacional: *Policarpo Quaresma: herói do Brasil,* do diretor Paulo Thiago.

O roteiro do filme respeita o enredo de Lima Barreto, embora contenha alguns elementos que fazem alguma referência mais

Inspirado na obra *Triste fim de Policarpo Quaresma*, o filme de Paulo Thiago é uma comédia que zomba da política nacional.

atual, como um grupo de sem-terra que invade o sítio do Major Quaresma. Policarpo Quaresma é vivido pelo ator Paulo José, numa representação bastante sensível, e sua afilhada, Olga, por Giulia Gam.

O misto de tragédia e comicidade da história de Lima Barreto está muito bem registrado nas imagens do filme de Paulo Thiago, que consegue transmitir o tom burlesco da obra que o inspirou.

Valorização da cultura popular brasileira

Paulo Thiago teve uma preocupação especial com a trilha sonora, que exigia reviver o ambiente musical da virada do século, até aproveitando o personagem Ricardo Coração dos Outros, que era especialmente ligado à música. Assim, a trilha sonora reúne obras de compositores populares como Ernesto Nazareth e Chiquinha Gonzaga, além do erudito Heitor Villa-lobos. Carlos Lira e Paulo César Pinheiro compuseram canções especiais para o filme, que retratasse esta que é a grande riqueza da nossa cultura: a música popular. A trilha sonora foi gravada em CD pela Natascha Records, 1998. Numa das faixas, pode-se ouvir as cinco "Modinhas de Policarpo Quaresma", que evocam episódios do romance — *A loucura, A terra, A guerra* — ou caracterizam Policarpo Quaresma — *O personagem* e *O herói* —, como se vê nos seguintes versos:

Lima Barreto, caricatura de 1919.

Por isso é que essa história
Virou exemplo de honra e glória
Na tela da lembrança
Lima Barreto deixa acesa
A chama da esperança
O seu romance agora
Virou poema, virou cinema.
E o sonho nunca vai morrer
No peito de quem viu
O herói do povo do Brasil.

Foto de Lima Barreto, em 1909: nessa época ele era jornalista do *Correio da Manhã*.

Um autor e muitos personagens: Lima Barreto por Policarpo Quaresma

O escritor paulista João Antônio, inspirado em Lima Barreto, de quem era grande admirador, escreveu *Calvário e porres do pingente Afonso Henriques de Lima Barreto*, que fora publicado em 1977. No livro, ele contrapõe trechos da obra de Lima Barreto ao relato feito por um velho interno do Sanatório da Muda da Tijuca que o havia conhecido. Os trechos de *Triste fim de Policarpo Quaresma* inseridos ilustram reflexões de seu autor sobre o seu tempo e a sua vida, a sua relação com as pessoas, o seu trabalho. É de se notar o pensamento, as ideias de Lima Barreto que são expressos por seu personagem, o Major Quaresma, e o quanto refletem sua época.

Homenagem do povo carioca: Lima Barreto pede passagem

Em 1982, sessenta anos depois da morte de Lima Barreto, a Escola de Samba G.R.E.S. Unidos da Tijuca homenageou o autor de *Triste fim de Policarpo Quaresma*, com o samba-enredo *Lima Barreto, mulato pobre mas livre*.

Os versos do samba criado por Adriado ressaltam o papel social de Lima Barreto e lembram a força da discriminação contra o mulato pobre que criou personagens imortais, como o Major Quaresma.

Vamos recordar Lima Barreto
Mulato pobre, jornalista e escritor
Figura destacada no romance
                [social
Que hoje laureamos neste carnaval
(...)

Impressionante brado de amor
　　　　　　　[pelos humildes
Lutou contra a pobreza
　　[e a discriminação
Admirável criador, ô, ô, ô
De personagens imortais
Mesmo sendo excelente escritor
Inocente Barreto não sabia
Que o talento banhado pela cor
Não pisava o chão da academia
(...)

Lima Barreto vai ganhando assim, a cada dia que passa, o merecido destaque que lhe é devido, conquistando cada vez mais admiradores. *Triste fim de Policarpo Quaresma*, vem reiterar toda a contemporaneidade deste autor que, pioneiramente, revelou a cara do Brasil, resgatou as mais remotas origens do nosso povo. Lima Barreto deve ser também resgatado mas, além de uma estátua, como na história de Moacyr Scliar, a grande homenagem que podemos lhe prestar é através da leitura de seus livros.

DESCOBRINDO OS CLÁSSICOS

ALUÍSIO AZEVEDO
O CORTIÇO
Dez dias de cortiço, de Ivan Jaf
O MULATO
Longe dos olhos, de Ivan Jaf

CASTRO ALVES
POESIAS
O amigo de Castro Alves, de Moacyr Scliar

EÇA DE QUEIRÓS
O CRIME DO PADRE AMARO
Memórias de um jovem padre, de Álvaro Cardoso Gomes
O PRIMO BASÍLIO
A prima de um amigo meu, de Álvaro Cardoso Gomes

EUCLIDES DA CUNHA
OS SERTÕES
O sertão vai virar mar, de Moacyr Scliar

GIL VICENTE
AUTO DA BARCA DO INFERNO
Auto do busão do inferno, de Álvaro Cardoso Gomes

JOAQUIM MANUEL DE MACEDO
A MORENINHA
A Moreninha 2: a missão, de Ivan Jaf

JOSÉ DE ALENCAR
O GUARANI
Câmera na mão, O Guarani no coração, de Moacyr Scliar

SENHORA
Corações partidos, de Luiz Antonio Aguiar
IRACEMA
Iracema em cena, de Walcyr Carrasco
LUCÍOLA
Uma garota bonita, de Luiz Antonio Aguiar

LIMA BARRETO
O TRISTE FIM DE POLICARPO QUARESMA
Ataque do Comando P. Q., de Moacyr Scliar

LUÍS DE CAMÕES
OS LUSÍADAS
Por mares há muito navegados, de Álvaro Cardoso Gomes

MACHADO DE ASSIS
DOM CASMURRO
Dona Casmurra e seu Tigrão, de Ivan Jaf
O ALIENISTA
O mistério da Casa Verde, de Moacyr Scliar
CONTOS
O mundo é dos canários, de Luiz Antonio Aguiar
ESAÚ E JACÓ E MEMORIAL DE AIRES
O tempo que se perde, de Luiz Antonio Aguiar
MEMÓRIAS PÓSTUMAS DE BRÁS CUBAS
O voo do hipopótamo, de Luiz Antonio Aguiar

MANUEL ANTÔNIO DE ALMEIDA
MEMÓRIAS DE UM SARGENTO DE MILÍCIAS
Era no tempo do rei, de Luiz Antonio Aguiar

RAUL POMPEIA
O ATENEU
Onde fica o Ateneu?, de Ivan Jaf